LOCUS

catch

catch your eyes ; catch your heart ; catch your mind······

catch 304

島內移民：移住嘉義美味新人生

作　　　　者	嘉義異鄉人
責 任 編 輯	陳秀娟
美 術 設 計	許慈力
插 畫 設 計	rabbit44
內 文 排 版	邱方鈺
印 務 統 籌	大製造股份有限公司

出　版　者　大塊文化出版股份有限公司
　　　　　　105022 台北市松山區南京東路四段 25 號 11 樓
　　　　　　www.locuspublishing.com
　　　　　　locus@locuspublishing.com
服 務 專 線　0800-006-689
電　　　話　02-87123898
傳　　　眞　02-87123897
郵 政 劃　18955675
撥 帳 號　大塊文化出版股份有限公司
戶　　　名　董安丹律師、顧慕堯律師
法 律 顧 問　版權所有 侵權必究

總 經 銷　大和書報圖書股份有限公司
　　　　　　新北市新莊區五工五路 2 號
電　　　話　02-89902588
傳　　　眞　02-22901658

初 版 一 刷　2024 年 4 月
初 版 二 刷　2024 年 6 月
定　　　價　420 元
I　S　B　N　978-626-7388-53-2

移住嘉義美味新人生

島內移民

嘉義異鄉人

著

目 錄

輯 三　我的日常移動路線

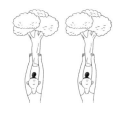
輯 四　新人生的理想生活實踐

輯 五　生活與生存

我的嘉義美味生存記

關於「移居」，我應該是那個誤打誤撞，卻持續嘗試生存的人吧？在這個急於以關鍵字搜尋、快速下結論定義的年代，搬離生長近三十五年的永和、移居嘉義八年多的我，時常被問：

「你為什麼搬到嘉義？」
「台北人還適應嘉義嗎？」

經由不同途徑認識我的人，似乎打了許多問號：
求學時期的老同學：「你這個 City Girl 竟然待下來了！」
工作結識的老同事：「你現在不做藝術產業了嗎？要不要考慮回台北？」
社群平台上的網友：「你為什麼要作社群？是靠美食報導和團購維生嗎？」

感念順聰老師的暖心引薦，感謝大塊文化副總編秀娟的細心引導，讓不是專職書寫的我，有機會透過文字，和大家聊聊這既不是返鄉也不是青年、不怎麼符合地方創生脈絡、也沒什麼

太遠大的抱負，而是一位中年女子，因為工作移居異地、卻也因為離開工作而持續留駐，一段在嘉義新故鄉的生活觀察與生存實錄。

一開始書寫，其實我是有些擔憂惶恐的。長年工作從事跨界溝通整合，在藝術創作者、政府公單位、私人企業機構、媒體與大眾之間搭橋梁，習以為他人鋪路，但鮮少說自己的故事；不是在地土生土長的我，更擔心著是否因為研究考證不齊全，或在短篇幅中無法完整陳述表列嘉義所見所聞，而引起批評甚或誤解。雖然在自行經營的網路社群平台「嘉義異鄉人」，已累積不少嘉義觀察，但化為印在紙本上的文字，又是另一回事了。歷經來回數次的討論調整，我最終想著：「好吧，不如放開膽子寫吧！」於是完成了這本以「島內移民」為題，因為探索美味新世界、也因為遊走街角巷尾、更因為遇見在地方生活的人們，一段平凡卻真實的嘉義新生活故事。

期待透過這一本共五輯的分享，和大家聊聊移居的可能性與實際生存的真實面，以及那夾雜驚喜與困難、探索與適應、和在地交朋友與自己相處，不斷往前推進的正在進行式。

感謝許久不見的大學學妹，美好的插畫讓整本書更迷人。

感謝在嘉義遇見的朋友們，讓我的新故鄉生活不再孤單。

感謝在社群平台的網友們，願意和我這個異鄉人聊嘉義。

感謝永遠支持我的家人，以及我最強力的神隊友。

最後感謝自己，依然戇膽（gōng-tánn）嘗試著各種人生新的可能。

島　內
移住嘉義美味新人生
移　　民
輯　一

你　好，
嘉　義！

你好，嘉義！｜我的胃，變成了嘉義的形狀

你好，嘉義！

談起我和嘉義的相遇，其實是許多意外堆疊而成的。父親來自彰化、母親來自台中，三十五歲前的我，大多數的時光都是在永和新店溪旁渡過。在一戶緊挨著一戶、極度密集的集合式住宅裡，隔著牆仍不免聽得見鄰居的對談、打開窗戶總看見緊密層疊的樓房，以公車或捷運站做為移動的距離單位，腦袋需要放空時就逛展覽泡電影院。

年少時，我曾經幻想移居他方，只要離開永和、有自己的生活空間就好，如果還有舒服怡然的氣候和藝術文化的氛圍，那就更迷人了。於是工作存錢貸了款到英國進修，短暫待了一年，繞了一圈還是回到原點。重返工作崗位的我，把握著每個出差機會、休假時塞滿旅遊行程，在短暫來回移動間，偶爾抽離便利卻擁擠的生活環境，也不斷思考著未來我想要過著什麼樣的生活？

2014 年我離開了台北藝術村，進入了建設集團

工作，與曾經熟悉的策展論述與藝術公關，截然不同。我參與了藝廊空間經營、出差到中國協助園區的建置。偶然的機會下，看見舊酒廠再次招標訊息，便和公司提了議，歷經提案評審獲得最優申請權、議完約也完成簽約，卻也開始了我和嘉義的奇特緣分。

說實話，在還未正式移居嘉義前，我的心態上其實是有點逃避的。畢竟家人、親朋好友、工作上認識的人脈資源，大多在台北，我只把嘉義當作一個「臨時工作出差的去處」，心裡總想著「反正待個幾天還會回台北」。直到 2016 年 3 月，我開車帶著重要家當南下，抵達租處一切落定之後，我怔怔地猛然回神：「天啊！我真的搬到嘉義了！？」

我就在這個「以為已經準備好、但其實還有些不確定」的心理狀態下，展開了我的移居工作生活。我硬著頭皮逼自己在短暫時間內，快速認識過往不熟悉的嘉義：招募工作夥伴、辦理展演活動、洽談進駐團隊、協調企業集團與公部門單位。在不斷轉換溝通的語彙間，我時常被問起：「你為什麼要搬到嘉義？」

我總是重複回答著：

「我是因為工作才到嘉義。」

「不不，我不是嫁來嘉義。」

「我沒有家人在嘉義，我不是返鄉。」

針對不同人，我在回覆無數次同樣的提問後，我突然覺得：「其實，一個台北人搬到嘉義生活，好像還蠻不一樣的！？」我也開始發覺到：「阿里山」不再是遙遠的旅遊目的地，而是休假時可以當天來回的去處，不同的季節上山，即使是同樣的地點、都有著不同的景致；「東石布袋」不只是存在於海產攤的品質保證，更是驅車一小時即可到達的新鮮直送，過往不敢吃蚵仔的我，竟開始愛上這肥美鮮味。

過往求學時研讀過的台灣美術史，到了嘉義我才知道，原來陳澄波描繪的畫面，存在於書籍文獻中、更遍及於日常街景；前往慈龍寺更可看見，台展三少年之一的林玉山親手繪製的濕壁畫，而他的故居現已轉身為設計咖啡館；不只如同民間博物館的宗教宮廟，街角巷弄中仍存在著諸多的傳統工藝，與藝師直接交流後，我深刻感受到時代交替的演變與傳承延續的不易。

我陸續在個人臉書上，隨意書寫記錄著在嘉義的生活點滴：工作探訪的店家品牌、上市場採買的新鮮食材、覓食發現的傳統小吃、休假時造訪的登山步道。

過往未曾把嘉義當作旅遊目的地的朋友們，開始來探訪旅遊，和我說著：「你在臉書分享的，我都有標註在 Google Map 上，這趟來嘉義就照著玩一輪！」隨著臉書分享的資料日漸增多，我不禁思索著：「不如成立一個粉絲專頁吧，和個人臉書做區隔，也把這些生活觀察紀錄保留下來。」

於是，「嘉義異鄉人」就這樣成立了！初期並沒有品牌規劃企圖，其實是寫給親朋好友們看的，只想讓大家知道：「嘿！我真的搬到嘉義了，我在這裡過得並不無聊！有空就來玩吧！」

經由持續不斷的書寫分享下，我默默發覺，版上除了原本就認識的朋友，留言互動裡出現越來越多的新面孔：在嘉義生活的、出生嘉義現在移住他處的、曾在嘉義讀書或工作的、因為婚姻搬到嘉義的、想來嘉義旅遊的、曾經旅遊還想回訪的……遠遠出乎我的想像。獨居在嘉義的我，似乎多了很多

平行時空的好友，素昧平生卻又熟悉。透過社群平台我們一起聊嘉義，共同討論著：「嘉義人的日常，異鄉人的不尋常。」

然而，一場突如其來的疫情，所有的產業經營皆受到影響，集團面臨組織調整，我也被告知要在限期內離開工作職位，離開那個我當初移居嘉義的理由。若說不錯愕是騙人的，當下我腦中閃過好幾個畫面：
「我是否真的該離開了？」
「反正這幾年也不只一次想放棄，不是嗎？」
「我在這裡有住所、也遷了戶口，下一步該往哪去？」
「我已經快要四十歲了，家人也都在台北，我留在這裡有什麼意義？」

面對現實生活不斷往前推移著，我趕緊收拾累積多年的物件資料，完成交接和工作夥伴與合作團隊們道別。我在重整思緒中，回想起移居嘉義後的生活改變：少了應酬多了些自己的時間、已經習慣生活在充滿陽光的舒爽氣候環境、開始了固定瑜伽與自行煮食、可以自主掌握生活的步調、困擾許久的眩暈症（梅尼爾氏症）也很少發作了……原來，不知不覺

中我的身體早已習慣、且接受了這樣的移住他鄉。

就在快速盤點了可能合作的資源、洽談了一些專案工作後，我在心中默默做了決定：「不如，就再賭一把吧！？」於是，曾經那個總是想著「只是臨時工作出差」、「反正待幾天後還會回台北」的我，如今正式變成了移居嘉義多年、和同為台北人的另一半，選擇在嘉義完成了登記、也把爸媽一起往南台灣搬移，就近關心相互照應。

現在「嘉義」之於我，不只是路過且經過的區域，也不再只是阿里山和雞肉飯，更是邁向中年、嘗試平衡生活與生存的實踐地。而老天還要給我這個正牌的「嘉義新住民」什麼「意外」的功課呢？就讓我持續探索並順著走下去吧！

我的胃，變成了嘉義的形狀

初抵嘉義，一切新鮮。相較於生活近三十五年的永和，少了沉浸在台北盆地裡的那股悶熱潮濕、多了些北回歸線通過的明亮舒爽。嘉義，有別於過往緊密交錯的水泥住宅大樓，漫遊於街上，仍可看見許多木造建築，抬起頭有著大片的藍天。天氣好時，望向遠方可看見明顯的山脊線。

我花了些時間尋覓我的新住處。獨居女子需要的起居空間，其實坪數不用太大，但有著可以下廚的設備、自然光線通透明亮則為必要。我刻意選擇不加裝電視，卻發現並不會因此與世隔絕，倒是多了些與自己相處的時間，也多了些安靜思考、探索新生活的機會。

那時，坊間關於嘉義的書籍和報導並不算多、網路社群平台的分享也不似現在普遍，為了在短時間內盡快熟悉移居新生活，我先是查詢了基本資料、接著和在地朋友們打聽消息，猶如到一個陌生城市自助旅行般，實際親身走訪，驗證搜尋到

的有限資訊。在持續不斷地探索中，最讓我驚豔、也最難忘的，莫過於食物味蕾的美食衝擊吧！

首先，我的第一個美食衝擊，以朋友口中那句「出了嘉義不吃雞肉飯」揭開序幕。

原來同樣是雞肉與白飯、添上醬汁與油蔥酥，在不同店家的處理手法下，卻搭配出多種的美妙排列組合，更遍及於日常生活的不同時段與空間，在嘉義一週不吃到雞肉飯的機率，根本微乎其微。

第二個美食衝擊是「白醋」。原來「白醋」不是擺放在商場櫃架上、烏醋旁邊玻璃瓶中的透明嗆酸，而是狀似美乃滋的純白酸甜。吃涼麵時添上調味，更可搭配涼肉圓咀嚼下嚥。再來一杯特調了鳳梨、木瓜、芭樂、檸檬四種鮮果汁為一套，以「嘉義專屬清涼」一解酷夏暑氣；緊接來的衝擊，是到甜品攤來份豆花，習慣加豆漿為日常必要，而我竟也在衝擊中逐漸忘了過往加碎冰黑糖水的口味，喜歡上一次享受多種豆類精華，健康又甘醇。

輪番上場的美食衝擊下，曾經我熟悉的「黑白切」熟食切盤吃法，現在我則習慣稱之為「魯熟肉」，「粉腸」是具有彈性的半透明粉紅狀、而非乳糜口感；豬血糕裡包裹著地瓜籤、少見的黃澄澄「蟳粿」，也成為我日常的盤中物；我更喜愛上小吃攤前那如同珠寶盒般的「涼菜櫥」，滾水汆燙當季蔬菜後快速冰鎮，凝結為新鮮多彩的可食纖維，看見食材被這樣好好的對待，真是再溫柔細膩也不過了。

曾經匯聚大江南北的眷村聚落，歷經拆遷而人群來往不再，仍可透過散落於周遭街廓中的傳承手藝，遙想過往熱鬧情景；過往繁華蓬勃的商場戲院，因時代變遷商圈轉移而不復存在，仍可經由現存同樣取名的商號店家，想像曾經的人潮來往；從廟宇為起點出發，周邊環繞市集一早就熱鬧，匯聚從山產到海鮮的當季新鮮，下午則換上小吃攤販，以各自拿手的新鮮現做，帶來庶民皆可享的午後飽足。

我在一次又一次的味蕾衝擊下，嘗試了許多過往沒體驗過的滋味，更帶著我走入隱藏於街角的生活智慧。我深刻感受到，融合嘉義在地風土的特殊氣味，其實不只是雞肉飯和沙鍋魚頭，更是難以一言以蔽之的精彩；而過往我對台灣文化

的認識，也僅是片面部分的狹隘觀點，仍有太多的未知值得探索學習。

我的胃，似乎在移居之後被餵養成了嘉義的形狀，不僅習慣這不過甜膩的清爽淡雅，甚至沉迷於自在揉合新鮮物產的新鮮上桌；我的身體也逐漸融入台灣西南部的樸實自然，徜徉於山與海之間，被大片平原的豐沛物產、環抱並照顧著。

當身體接受了，心理也隨之認同了。原本我為了工作搬離台北，卻也成為開啟我新生活的契機。在嘉義的潛移默化之間，我不再有著「只是出差」、「反正還會回台北」的心態，而是拋開曾經的生活與工作經驗，猶如脫去成套裙裝和高跟鞋般，重新踩在土地上，學習探索在地智慧、也嘗試和在地交朋友。

「林聰明沙鍋魚頭」第三代佳慧，總是溫暖且豪爽，提攜照顧每一位造訪嘉義的旅人，熟識後才發覺，我們竟然是同年同月差一天生日的同星座好姊妹；源自大林三代養鵝人家「湯城鵝行」，主理人之一瑋鑛大學念醫事檢驗、曾服務於國際時尚品牌及擔任傳產業務，我們不僅交流品牌經營與食

材創新運用，也常聊每日的服裝穿搭。

亦師亦友的舒活瑜伽 Amber，引導從小習舞的我，重新認識自己的盲點、學習如何面對並往前邁進，使瑜伽成為我生活的一部分，也甚至參與了師資培訓呢！

位於大林火車站前的泰成中藥，第三代許開興與太太英眉，除了照顧我的身體健康，分享如何在生活中善用老祖宗智慧，更甚至當我身體不適時，深夜直接送藥材至市區，滿滿關懷讓我重拾元氣。

到市場採買豬肉，攤商阿姨俐落切肉裝袋、最後再偷偷多塞一份肉塊，和我說著：「歡迎你來嘉義！」習慣採買的轉角蔬菜攤，阿姨看我常背著環保購物袋，說著：「看你很環保，少收你一些！」接著默默送我一只紅綠藍茄芷袋。社群平台上素昧平生的朋友，觀察我很愛在地食材，特別分享了自家栽種的農產，從網路到現實生活，新鮮直送。

因為豐沛多元的食材烹調，開啟了我的味蕾新世界；因為熱心溫暖的人情關懷，引導我與在地產生更多的連結。環繞於

生活周遭的庶民美食，猶如最快速進入在地風土的捷徑，疏通了心理上不可見的結界，敞開我的心胸面對未知的一切。

如今，每當有朋友造訪時，我總會耳提面命地警告：「要小心喔！迷上嘉義美食你就走不開了！」朋友總是笑著回覆：「哪有這麼誇張啦！」但過沒多久，又見他們規劃著再來遊玩的行程。

所以，新住民見證，來嘉義，千萬要小心！「胃會變成嘉義的形狀」，那可是會傳染的呢！

島 內
移住嘉義美味新人生
移 民
輯 二

美 味
新 人 生
我 的 嘉 義 專 屬 口 味

早安！今天早餐你想來點？│米食澱粉連續技│沒
有什麼事，是一碗麵沒辦法解決的│我在嘉義學到
的事│關於那些季節限定│市場裡的味覺地圖│嘉
義攤車風景│你想帶走的古早味│甜點賓果│以無
名爲名│藏在心底的阿字輩│我的品湯療癒儀式

早安，今天早餐你想來點？

我與嘉義早餐相遇，其實是從「往返出差時期」開始的。

還沒入住嘉義前，每次往來嘉義在極度密集工作行程間，有著不間斷的陌生拜訪與會議場勘，然而每次我都會刻意安排短居在不同的旅宿點、選擇不包含早餐的房型。說是為了降低出差旅宿費、多觀察文化觀光的旅遊生態，實則是短暫過夜休憩後的嘉義第一餐，是我奔波來往之間的透氣救贖，讓我填飽味蕾、也重拾活力。

我從沒想過，曾經的短暫旅居工作行程，如今卻成為我的移居生活起點；曾經的晚間餐敘趴踢邀約不斷，如今的我卻轉型為扎扎實實的晨型人，身理時鐘每天早上七點自動醒來，簡單清理梳妝後瑜伽伸展，吃完早餐再開啟一天工作行程；曾經跟著旅遊資訊的早餐探奇，如今也成為我的生活日常，在專屬通透明亮的溫暖晨光下，陪伴渡過各種高低起伏酸甜苦辣。

我的早餐愛店，首推朝陽街上的那家無招牌店魯熟肉。門口滿滿的機車陣就是美味的象徵，在地顧客們熟門熟路地自行拿取夾子點選食材，對我來說猶如「魯熟肉早午餐（buffet）」的神奇場景，這間店更是嘉義朋友們不想公開的美味名單。多樣化的汆燙或滷製處理豬腹內，比如：豬皮、豬心、豬肝、豬肺、脆腸等，是善用一整隻豬最大價值的象徵，而融合蛋香絞肉與甘脆荸薺的黃澄蝦粿、灌入地掛粉漿與豬肉的淡粉紅色粉腸，則如同辦桌的手路菜精彩。

相較於坊間多數以「肉質為主」的黑白切攤，嘉義的魯熟肉攤更有著多樣的涼菜選擇，一字排開，琳瑯滿目、多種品項：白蘿蔔、高山娃娃菜、芹菜、花椰菜、筊白筍、苦瓜等，汆燙後冰鎮處理的乾淨舒爽口感，總能舒緩被大量肉質填飽的休息片段。我尤其喜歡再點一碗胡瓜湯，以帶有虱目魚鮮甜的大骨湯為底，一口咬下扎實飽水的大黃瓜、佐以炸豬皮油香與鮮甜豬肉絲條，讓清甜古早味畫下完美的收尾。

而一早醒來就吃雞肉飯，也是我在嘉義學到的事。從小在台北成長的我，對於雞肉飯的印象，大多是午餐

或晚餐的外食便利選擇：以白飯佐切絲雞肉，甚或魯肉末、或搭配大塊鮮嫩的白斬雞塊蘸醬油膏。搬到嘉義後我才知道，「二十四小時不間斷雞肉飯路線」不只是社群平台上的傳說，更是確實存在的嘉義日常，也難怪曾有朋友和我開玩笑說：「我醒來不是因為鬧鐘，而是為了今天要吃哪家雞肉飯。」

一開始我的雞肉飯體驗，如同累積集點般，一家一家嘗試著旅遊資訊上的推薦名單，現在的我，倒是依照著當天外出的行程路徑、或是想吃的小菜湯品搭配，再來決定今天早餐我要以哪家雞肉飯做為一天的開場。我會想：要選切成丁狀具嚼勁的火雞肉飯？還是保留肉汁吃來爽快的雞片飯？不管選哪種，我都會佐以小片醃黃蘿蔔中和鹹香口感，再加點一份口感綿密、飽滿香氣的滷豆腐、或煎至赤赤（tshiah tshiah）、用筷子一劃下便流出金黃蛋液和蛋香的半熟蛋包。而滑嫩綿密好配飯的什錦蒸蛋、Q彈膠質包裹鮮嫩肉質的火雞翅、甚至紅酒燉豬腳的台式 fusion，則是各家雞肉飯店的隱藏版驚喜。

當我心情不太美麗時，總是特別想來點手作感、有著樸實麵

香的早餐，也還好在嘉義有著多種的碳水化合物選擇。以麵粉調和水後搓揉，依照不同比例融入餡料，可以扎實也可以酥脆、可以鹹也可以甜，看似簡單的作法配方，一口咬下快速填飽脾胃之餘，也療癒了心靈，關於那些減醣、少澱粉的健康飲食理念，早已被我和煩惱一起拋諸腦後。

鄰近民國路的延平路尾端，看似與一般住家無不同的一家早點攤，一早六點就開始忙碌。老闆將炭火填入圓形桶裝烤爐，接著熟練快速地將麵皮貼在爐邊，待炭火烤出溫潤飄香，就是厚實帶勁的現烙老麵厚燒餅，硬脆焦香的口感、且微帶甜味，據說是和台北阜杭豆漿師出同門的美味。

另一家位於光彩街與仁愛路轉角，白鐵攤車上標示著「創立於 1984 年」，現點、現煎的古早味粉漿蛋餅，口味簡單樸實、柔軟富彈性，也是我的心頭好。我時常搭配著同樣現煎的餃子或煎包，蘸著店家特製的辣椒清醬油提味，而同步現場烘烤的厚實大餅系列，還有包裹著紅豆或芋頭的甜味、及捲入青蔥與胡椒的鹹味，這兩款都是要提前詢問出爐時間，是搶手的秒殺美味。

如今，每當有朋友規劃造訪，我這位嘉義「新住民」總提出早餐邀請：

「難得來嘉義玩，不妨多過一晚吧，我請你吃早餐！」

朋友總是笑著說：「你以前不都是約晚上的，現在竟然會約早餐？」

「好啦，就這麼決定了喔，你要到市場喝牛肉湯？還是羊肉湯？到圓環旁邊喝杏仁茶加蛋蘸油條？還是一早在市區吃草魚粥搭配現煎魚腸？」

原來，我已在不知不覺中默默學到「有一種餓叫做嘉義人怕你餓」的精神，毫不保留讓朋友思考的時間，忍不住排起從早餐到宵夜的不間斷美食行程。

看了我的嘉義早餐，你今天早上是不是也想來點不一樣的早餐呢？

一早走入東市場，暖心暖胃的現宰羊肉湯、鹹香四溢的現炸排骨酥～多種美食選擇齊聚一堂，你今天早上想吃哪一道呢？

如同「魯熟肉早午餐（buffet）」的神奇場景、一早就吃雞肉飯作為一天的開場，在嘉義，只有一個胃是不夠的。

米食澱粉連續技

說到底，我對於米飯，是有強烈依戀的。年少時我曾對異國生活充滿憧憬，實際前往英國進修後，說不上水土不服、採買亞洲食材也算方便，卻仍想念隨處可食米飯的便利；到了日本旅行，溫潤米香成為樣樣講究的分門別類：要用多少比例的水、浸泡何種米、以什麼鍋烹煮多久……使得我搬米跨海回台烹煮，卻苦惱著為何無法重現同樣的口感。

身處台灣西部重要糧倉的嘉義，想吃好吃的米飯並非難事，街角巷尾的碗粿米糕攤、搭配不同肉質的多種米飯組合、甚或隱藏在心底的無名米食小吃攤，身為從台北移居的異鄉人，被從早到晚不間斷的米食溫暖款待著，吃下扎實Q彈、滿是溫潤飽滿。

生活在嘉義，最好的開場白話題就是「雞肉飯」了吧？初抵時，我人生地不熟，總不免詢問：「你覺得最好吃的是哪一家？」待久一點之後，我開始學著晒出「心中的雞肉飯排行榜」，也跟

著分析不同品牌的口味；我想生活得更久一些之後，除了視「出了嘉義不吃雞肉飯」為必要，大概血液靈魂裡都會有雞肉飯細胞吧。

嘉義雞肉飯的選擇何其多，每家口味不同、卻都普遍好吃。而如此在乎米飯與雞肉搭配的城市，還真是非此莫屬了！只要和在地朋友們聊到「雞肉飯排行榜」時，原本輕鬆的氣氛、則突然轉變為「超級認真跟你拚了」的態度，大家你一句我一句地說著：

「以前最純正的雞肉飯，才沒有現在的雞片飯！」

「什麼？你不喜歡加油蔥嗎？」

「跟你說，有加醃黃蘿蔔（Takuan，たくあん）才是王道！」

「現在網路上都說，吃雞肉飯要加半熟荷包蛋，我們以前才沒有這樣的吃法！」

「我看照片就知道是哪家了啦！」

……

「聊雞肉飯」總是話題的開場起手式，大家爭先恐後說著自己的專屬論調，也在一來一往間快速拉近彼此的距離。

構成雞肉飯的要素，當然不可忽視如其名的「白飯」與「雞

肉」：有的圓潤光澤粒粒分明，有的飽含水分濕潤鬆軟，有的混搭雞胸與雞腿肉質，有的手切有的手撕。再更深入探討，其上淋的油與醬汁，是為影響鹹香比例口感的關鍵。而增添味蕾層次的「油蔥酥」，更有「先加油蔥酥、再淋上油」的「濕式」，與「先淋油、再灑上油蔥酥」的「乾式」區別，甚至有朋友和我說：「阿姨淋油的手勢也會有影響，我只吃某位阿姨淋的！」無論其中差異是否真如此所言之大，每每嘉義人談到雞肉飯時，總快速化身為專業評論員，而我這個嘉義新住民也樂在其中，好奇聽著大家分享的觀點。

雖然我偶爾還是有台北鄉愁，比如：大塊鮮嫩美味的白斬雞搭配白飯、帶油花手切豬肉末的魯肉飯……不過，雞肉飯早已確確實實地占據我在嘉義的各個生活片段。

前一晚趕專案到深夜，隔天醒來點份雞肉飯，搭配細緻綿密的滷豆腐、佐以溫熱味噌湯。一旁，年邁早起的阿伯們，圍坐在鐵椅不鏽鋼桌，共同迎接早晨的陽光；中午和工作夥伴前往巷內小攤，各點了小份雞肉飯與大份雞片飯，在如同飯桌仔的現炒熱食中，選了多樣蔬菜與現炸的紅糟肉切盤，快速重拾、補足元氣；到了晚餐時刻，則選單純 Q 彈白飯與

火雞肉切盤，搭配如同調色盤般的綜合涼菜，以清爽無負擔的美味結束一天的忙碌。

如今當朋友造訪嘉義時，我竟也開始學著在地朋友的口吻：
「你有吃過『真正的』嘉義雞肉飯嗎？」
「你這趟來嘉義待多久？準備吃幾家？」
「有想吃哪個時段的嗎？早上、中午，還是晚上？」
接著，我分享自己心中的「雞肉飯排行榜」，也幫朋友排了「一整天不間斷的雞肉飯行程」。原來，以美食款待朋友的心，在嘉義是會潛移默化的。

如此毫不讓人思考、透氣的無限澱粉循環，不只存在雞肉飯，更幻化於多種米食吃法中，扎實穩健地填飽飢餓的脾胃，直接補足一天的元氣。像是一早就澎湃的煎粿盤，油鍋上堆疊的粿如小山，以在來米製成的白色菜頭粿、加入油蔥成為棕色的油蔥粿，相互交疊加上荷包蛋、再來碗丸子油豆腐綜合湯為一套，是每天早晨圓環旁絡繹不絕的風景，也是過往我在台北沒有體驗過的飽足早餐。

而同樣的米食料理名稱，從台北過渡到嘉義，似乎就有了不

同的吃法，也總讓我從味蕾到脾胃，渾身上下進行了多次的文化衝擊。過往我吃的「米糕」，是炊煮為筒狀的濃郁棕色鹹香，到了嘉義保留了糯米單純的白、淋上粉紅色甜醬，或是盛裝於瓷碗中淋上滷汁的散狀米飯；以往我認知的「油飯」，是拌炒香菇魷魚豬肉再悶煮的油香，到了嘉義亦有拌油白糯米淋上肉燥、再添上蒜泥和香菜的吃法；同樣以白色米漿為基底的「碗粿」，在嘉義則吃來樸素淡雅，甚至有融合黑糖的清新微甜吃法，更是如同正餐般飽足甘甜。

如今的我，到了外縣市看見標榜「嘉義雞肉飯」的招牌，總忍不住提升「內心底的美食評比標準」，腦中想著：「『出了嘉義不吃雞肉飯』，果然所言不假！」吃了濃郁鹹香的筒狀米糕，便馬上想念起嘉義的單純糯米香，以及那碗清爽淡雅的柴魚湯；甚至出差工作前，我總不忘先吃一碗米食、或外帶一份再出發，彷彿少了專屬於嘉義的米香，我就失去了元氣。看來我對米食的依戀，在移居嘉義後，似乎已經無法割捨了。

最在乎米飯與雞肉搭配的城市，莫過於嘉義莫屬了！你玩過「雞肉飯九宮格盲測」嗎？試著回歸最原始的味蕾體驗，或許你的雞肉飯排行榜會重新更新一次！

沒有什麼事，是一碗麵沒辦法解決的

我常和朋友笑說：「在嘉義，沒有什麼事，是一碗麵沒辦法解決的。」早上醒來時，早餐點碗麵和著熱湯，一天的精神馬上準備好了；繁忙工作結束後，到街角小攤點碗麵、再來盤滷味，稀哩呼嚕地快速吞下，所有的煩惱似乎瞬間就消失了；或是回到家為自己下碗麵，將水滾熱隨意灑下麵條，撈起後就是最快速的身心療癒解方。

而我在嘉義的第一碗麵，就是在地朋友送給我的見面禮：「等一下記得點小碗的就好，這攤小碗份量就等於大碗的！」

那是我首次來到不熟悉的平等街，安靜的民宅區兩層樓老房擠滿人潮，是取名「老張」的麵店。先從右側進入用餐區，順著朋友的囑咐點了小碗麵，再到左側自助點選「傳說中一定要切的滷味」，超過二十樣以上的澎派多樣，更勝坊間滷味專賣店的齊全一字排開，以超過手臂寬度的超大鋼盤鋼盆盛裝，讓人頓時選擇困難

症發作。等待麵食滷味快速上桌，那碗小碗的麵果然是超乎想像的大份量，說實話，大量烹煮的麵條軟濕彈性不足、滷菜稍鹹膩口，並不算是我熟悉的口感，不過朋友的溫暖熱情，是那種透過「有一種餓，叫做嘉義人怕你餓」的直球對決，讓初來乍到的我，感受到滿滿的真情關懷。

然而，對於一個異鄉人來說，在嘉義的生活，其實並不那麼一帆風順。沒有親人在地後盾，我曾面臨諸多膠著迷惘的實際生存戰，當然也不乏多次冒出「不如就離開」的念頭。猶記得剛認識現在的另一半，帶著從台北至嘉義造訪的他午餐，平常都是透過網路視訊對話，難得碰面一邊吃著麵、一邊聊著生活工作近況，總是好強的我，竟然不自覺地流下眼淚哭了出來，嚇得難得碰面的他趕緊安慰，和我說著：「有時候最難解的不是工作而是人，你就順著老天的安排走吧。」如今回想起來，不知是被麵攤療癒？或是自己也經歷了更多事？當時的困擾難解，如今想來似乎並沒有那麼嚴重了。

也還好，在嘉義有多種的精彩麵食可供選擇，依照當天想吃的口味和時段，拌著特

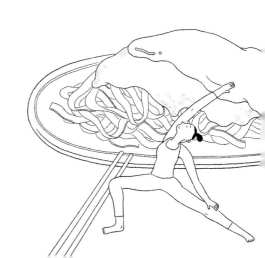

調醬汁或熬煮湯頭、咀嚼後滑順吞下。不管是輕盈易入口的細意麵、渾厚附嚼勁的寬版麵、蒸晒後更顯 Q 彈的紅麵線、抑或沾裹白醋的嘉義特有滋味……讓身心品味著麵香帶來的舒暢自在。

隱身於義昌公園旁的蘭井街上，無特殊裝潢和招牌的家庭式小麵攤，老木製攤車上標示著各式銅板價麵食，檯前稍有年紀的阿伯總是手腳暢快俐落，這款嘉義朋友口中的「福州傻瓜意麵」，也是我時常造訪的小確幸。

相較於調和醬油與烏醋的招牌傻瓜麵，我更常以乾意麵為食、搭配滷味與燙青菜為一組，便是我的個人套餐。意麵快速煮後撈起置於瓷碗中，調合比例適當的豬油與特製老滷汁，搭配切段青蔥與爽脆豆芽、點綴些許乾淨清爽的豬肉片，是恰到好處的滑順不膩口。若還有胃口，我會再點份餛飩或福州丸湯，享受簡單樸實的暖心暖胃。

到了夜晚的嘉義，相較於白天和煦陽光，盡是大片平原散熱後的清涼舒爽，我的脾胃除了飽足於 Q 彈麵香、更是貪心地需要藥膳湯品，透過天然食補再次重拾元氣。其中，以

當歸為基底燉煮的藥膳鴨，則是我在嘉義愛上的氣味（khì-bī）。有別於坊間多添加熟地，使湯頭呈現深黑色、讓顧客感受濃郁滋補。

我的愛店「黑棟」，則刻意減少熟地比例，採用飼養一年以上、肉質較韌的「菜鴨」（也是所謂的「生蛋鴨」），以當歸、桂皮、川芎等特調中藥材熬煮多時，使湯頭看來黃澄清透，喝來清新飄香、溫補不燥熱。搭配 Q 彈帶勁、耐煮不易糊化的紅麵線，再來份飽含當歸鴨高湯鮮甜的加熱滷菜，相較於我過往在台北常吃到的當歸豬腳或排骨，充滿個性的禽類風味吃來特別有勁。

「以前中藥行很常建議民眾來買生老鴨，搭配中藥作為藥引，直到現在有時都還有人會來買鴨呢。」第二代羅景琮和我說著，鴨與藥膳之間密不可分的關聯性。

雖然如今店家已在嘉義遍地開花六間分攤，老派如我還是喜歡到光華路老店，在重新改造過的明亮空間裡，看著牆上從右至左書寫的「當歸鴨麵線」老招牌，遙想第一代老頭家、年少時於文化路郵便局對側小攤的習藝歷程，品嘗傳承近

六十年的經典飄香，飽足我的脾胃，也溫暖我的心靈。

無論是拉張板凳倚靠圓環小攤前、穿梭巷弄鑽進民宅平房中、亦或走入店家直接坐在熟悉的位置上，我總樂於感受不同粗細的麵香嚼勁、品味淡雅到濃醇的多樣湯頭、享受醬汁與配菜的多樣組合。在看似簡單卻豐富多變之間，我的「嘉義尋麵之旅」似乎沒有完成的那一天，但比起那些曾經的煩惱困頓，或許吃碗麵稍微讓自己緩下腳步，再換個方式往前邁進，也是一種解方吧。

意麵	米粉	米苔目	切仔麵	餛飩麵	麻醬麵	傻瓜乾麵	餛飩湯	豬血湯	貢丸湯	冬粉湯	燙青菜
45	40	40	40	65	50	45	40	40	25	40	30

每個人心底，都有著那碗可能名不見經傳，卻無可取代的麵。存在於自家旁的街頭、隱身於下班回程中的巷尾，簡單樸實又溫暖。

刻意減少熟地比例的當歸鴨
湯頭,看來黃澄清透、喝來
清新飄香,搭配 Q 彈不易糊
化的紅麵線,再來盤溫熱滷
味,是一天最療癒的時刻。

我在嘉義學到的事

說來汗顏，若不是因為工作，我這輩子只來過嘉義兩次：一次是國小二年級至阿里山校外教學、一次是跟著樂旗隊的哥哥來參與管樂節。我對於嘉義的印象其實是既陌生又僅止於刻板印象，大抵就是火雞肉飯、沙鍋魚頭，還有到海產攤看見的「東石布袋直送」的招牌吧。實際展開移居生活後，我才深刻體驗許多細微且生活的文化衝擊，尤其在飲食習慣上，嘉義更是大大地打開了我的味蕾新世界。

談起嘉義專屬的氣味（khì-bī），「白醋」絕對是榜上有名。父母來自中台灣、從小在台北成長的我，印象中的「白醋」，是裝在玻璃罐中的嗆鼻液狀醋酸。後來經由嘉義朋友介紹我才知道，這「地域限定」的「白醋」，色白且微酸、看似黏稠卻爽口，不僅是街頭小吃必備，更深入嘉義的餐桌日常。

白醋的吃法千變萬化，其中尤以全台獨門的「白醋涼麵」最為聞名。相較於過往對於涼麵的印

象，以圓管狀油麵為基底、鋪上爽脆小黃瓜絲，淋上調和芝麻、花生、烏醋、砂糖、再拌些水的濃厚麻醬，點綴蒜泥及辣油增加口感層次；在嘉義則採用寬版麵條為主體，相較於油麵口感更為單純、也更能緊密抓附醬汁，裹上的麻醬融合清爽白醋，看似違和、卻是微酸甜又鹹香的平衡滋味。

然而，「白醋涼麵」也不僅止於字面上兩種食材的單一口感，因應不同背景與飲食需求，發展出大異其趣的多種組合。比如：源自空軍建國二村的外省好手藝，於白醋上再添加朝天椒、大紅袍花椒、清小辣椒……等，多種麻香的獨門辣醬，融合眷村麻辣味覺鄉愁，成為嗜辣者的首選；甚或搭配「四味果汁」和「淋上白醋的皮蛋豆腐」為一套。結合「鳳梨、芭樂、檸檬、木瓜」四種新鮮水果，融合出猶如天然香水般的淡淡香氣，是專屬於嘉義的美味組合。

和涼麵同樣庶民日常、卻又樣貌多種的街頭小食，則以「肉圓」莫屬了。大抵分為：以中北部為主，外皮酥脆附油香的炸派、以南部為主，外皮柔軟內餡爽口的蒸派。而不算常見、蒸熟後冰鎮的涼肉圓特殊吃法，除可在彰化品嘗、在嘉義更是添加了白醋，時常與「白醋涼麵」併列為絕妙搭檔。

在曾經聚集夜市攤商的文化公園旁,重新調整識別形象與店面空間的「黃記涼麵涼圓」,簡潔清爽的白灰主色系、呼應店名的溫暖銘黃色調,由第三代三位姊妹們一起經營,共同守護著近半世紀的家傳手藝。

調和番薯粉漿捏塑成形,包裹混合豆薯的豬肉餡料,蒸熟後放涼冰鎮,淋上自製醬油膏、與特調滑順白醋醬汁,結合 Q 彈外皮與爽脆淡雅肉香,搭配皮蛋豆腐及溏心蛋,以板豆腐為基底更顯得綿密扎實,形成猶如「白醋 Cheese Cake」的絕妙口感。相較於多數的涼麵涼圓店鋪佐以無糖麥茶、或有些因應顧客需求提供有糖紅茶,「黃記」特別搭配無糖決明子茶,顯得更為相得益彰的清涼。

關於嘉義專屬的「涼」,除了區域限定的白醋涼麵與涼肉圓,「涼菜」更是不容錯過的精彩。相較於過往外食,多以「燙青菜」或「醃漬涼拌」補充纖維質,在嘉義則將清洗乾淨的蔬菜置入煮沸的滾水,快速汆燙撈起後急速冰鎮,完整保留蔬菜最新鮮的色澤與甘美的滋味,是我心中最適合嘉義風土氣候、無可取代的烹調手法了!猶如精品珠寶盒的涼菜櫃,依照時令當季食材輪番上陣:清透回甘的苦瓜、猶如花

朵綻放的花椰菜、開胃解膩的芹菜與長豆、保留高雅紫色不軟爛的茄子，鋪排如 pantone 色票般華麗上桌，充滿顏值又健康。

除了「嘉義三涼」，我還想聊聊多樣豐富的熟食切盤「魯熟肉」（lóo-sio̍k-bah）。面對「完整利用食材」與「快速上菜」，台灣各地有著各種不同的處理方式，更有特別的區域限定品項。過往在台北生活，我總喜歡點盤「黑白切」（oo-pe̍h-tshiat），搭著麵食或粗條米粉湯而食，到了台南則喜歡切盤「香腸熟肉」（Ian-chhiân se̍k-bah），作為旅途味覺的記憶點。

關於為何嘉義以「魯熟肉」（lóo-sio̍k-bah）稱之，我好奇請教在地耆老得到多種大異其趣的回覆，而我偏好此種說法：「魯」（lóo）取自「攏」（lóng-tsóng）之音，為「攏總」（lóng-tsóng），「全部、總共」之意，而「熟」（sio̍k）則近「什」、「啥」之音，兩字和在一起表示「全部什麼都有」之意。無論是什麼緣由，這完整利用食材達到經濟價值的手法，結合了汆燙「腹內」及加工「手路菜」，以平價版辦桌菜之姿，創造了嘉義特有的熟食切盤風景。

在我心中，嘉義有三涼：涼麵、涼肉圓、涼菜。搭配嘉義地域限定的白醋，調和出最道地難忘的滋味，也成為我嘉義生活不可或缺的一部分。

過往我認知帶有乳糜口感的「粉腸」，在嘉義則為灌入地瓜粉漿、融合豬肉塊的半透明紅色腸狀物；外表黃澄、吃來保富彈性且綿密的蟳糕（蟳粿），以蛋與魚漿塑形固定，融合豬板油、豬絞肉、甘脆荸薺等食材，據說傳統的製作是真的會運用蟳肉呢。

依著不同店家的處理手法，也有著自家限定的隱藏菜式。比如：南門圓環旁、下午出攤即熱鬧的「黑人魯熟肉」，分別以豆皮或豬網紗包裹，包裹捲入手切豬板油絲、肉絲、菜絲為主體的三絲捲，融合了荸薺、紅蘿蔔、青蔥、芹菜的蔬菜鮮甜，而帶有鮮味的旗魚腸，也是少見的品項。

至於汆燙腹內與大骨的溫熱湯底，在朝陽街早起限定的「菜鴨」，可品嘗到融合刺瓜、碰皮、赤肉條組成的胡瓜湯。下午則可到「黑人」點份經典的匏瓜米粉湯，匏瓜刨成細絲與粗米粉相得益彰，一則翠綠清甜、一則扎實米香，融合大骨精華湯底，搭配現切熟食拼盤，是令人回味不已的「嘉義人的下午茶」。

而其中，最令我感到驚艷的，應該是「加了地瓜籤的豬血

糕」吧。相較於融入米香的豬血糕，同樣為澱粉的地瓜削成細籤後，咀嚼起來帶有 Q 勁與淡淡甘甜。

我好奇問了在地長輩「豬血糕加地瓜籤」的由來。據說過往屠宰豬隻後，運用非日本人會食用的豬血，含有豐富鐵質且能清肺，而當時米為高價食材，故以常見且便宜的地瓜替代，而有了這樣獨特的吃法。但也有一說，其實只是為了增添口感罷了。至於存在於香腸肉舖的「加皇帝豆的糯米腸」，則有別於坊間常見添加花生的處理方式，少了油脂、多了清甜綿密，也是善於運用原型食材澱粉特調混搭而成。

關於「我在嘉義學到的美味事」，豈是我短短的篇幅所能完整描述。還有：一次品嘗多種豆香的豆漿豆花、出了縣界就沒有的薄荷雞、包麵條的春捲，以及有別於勾芡蚵仔麵線的乾炒蚵仔麵線……我透過嘉義的專屬氣味（khì-bī）走入在地風土，貼近認識區域文化特色。我想，我還有很多美味的事要持續學習呢！

請先付款

點餐請不要用指的看不到

松板脆肉 60　原味豬肺 30　喉管 30 2顆50

點餐請不要用指的看不到

30 粉豬肺　30 地瓜豬血糕　30 蟳粿　30 粉香腸

加地瓜籤的豬血糕、加皇帝豆的糯米腸，而更多自家限定的隱藏菜色，從早到晚不間斷的熟食攤美味，總是開啟我的味蕾新世界！

關於那些季節限定

離開台北，我似乎忘了盆地專屬的夏季悶熱潮濕，以及那衣服總是晒不乾的冬季陰雨綿綿。生活在幅員遼闊的雲嘉南平原，夏天有著熱辣辣的陽光，入夜是大片平原散熱後的微涼，雖然地處北回歸線橫貫的亞熱帶與熱帶交界處，到了冬天則是超乎想像的乾冷，時常占據全台氣溫「最冷」與「最熱」排行榜第一名。隨著極度具有個性的季節變化，在嘉義也有著輪番上陣的季節美味，以最適合當季風土氣候的品飲方式，帶來區域限定的味覺驚喜。

每年過了中秋節，我最想念的就是現撈現炸的魠魠魚了！隱身於延平街上的無店名小攤，下午三點半開始營業至深夜，入口的大型燈箱標示著「原文化路－現撈」字樣，每年中秋到隔年農曆四月底，以販售魠魠魚羹為主，過了端午，則提供魚翅肉羹，是在地朋友口耳相傳都知道的「阿龍」。

相較於坊間常見、裹上厚粉油炸後加入羹的吃

法，採用秋季到隔年春季的現撈魠魠魚，裹上極薄的麵糊快速油炸，酥脆外皮包裹鮮美魚肉，吃來竟有股如同宜蘭卜肉的錯覺，比鹹酥雞更多了股鮮味。佐以自製醃製小黃瓜解油膩，或是蘸芥末醬油膏增添味覺層次，無論是搭配羹湯、直接酥炸現吃、或買了當作夜市散步零嘴，每個人都可以找到喜歡的品嘗口感。

有趣的是，同樣季節限定的現撈現炸魠魠魚，也可在專賣涼麵涼圓的「黃記」吃得到。曾因製作繁雜而停售十年的經典品項，經過第三代姊妹們的努力，如今在冬季終於重新現身：裹粉酥炸的紅燒魠魠魚，金黃酥脆無油耗味，當季新鮮魚肉細緻鮮甜，而同樣冬季限定的魠魠魚羹，則以魚漿包裹新鮮魚肉塊烹煮，是「一魚兩吃」的雙重滿足。

「其實，阿公最一開始是在垂楊路轉角用手推攤車賣冰品，後來才加賣涼麵涼圓，也搬過不同地點，以前的文化商場可是熱鬧極了呢！（現已改為公園）」第三代女孩和我說著家族傳承手藝的故事。如今的「黃記」，在夏季特別復刻外公的起家手藝，以純天然的 Q 彈粉條粉粿，搭配古早味紅豆、綠豆與杏仁，涼麵及涼肉圓，共組為又甜又鹹的清涼解方。

除了現撈現炸的魠魟魚，嘉義不只一家的古早味甜品攤，每年固定「放暑假」。有的因為餡料製作存放易變質、有的因為現場烘烤熱氣難耐，而避開夏季炎熱酷晒，形成了冬季限定的嘉義甜品風景。

從國華街轉入光彩街，緊鄰機車行的無名小攤車，上方黃色招牌僅標示「羊羹 – 麻糬 – 銅鑼燒」，玻璃櫥窗內整齊排列豐富多樣的日式點心，與週遭街景形成強烈對比。單個 15 元、7 個 100 元為一盒，超驚人銅板價卻是絲毫不馬虎的真材實料，不添加防腐劑，當日現做，質樸且懷舊的口味，是每個人都能負擔得起的甜蜜回憶。

帶有厚度的彈性餅皮，夾入手炒紅豆餡料的招牌銅鑼燒、帶有紅豆或綠豆口感的羊羹，以及包裹著紅豆或花生餡的麻糬，是晚到就買不到的經典品項。而老師傅的手藝也不僅止於此，以玉米粉融合蛋白外皮、包裹紅豆內餡為日式饅頭（吹雪饅頭、亦稱「白頭翁」），或在交錯線條為虎皮格狀的餅皮中，捲入綠豆沙、芋頭泥、烏豆沙為內餡，而捏成小巧糰狀、上方點綴小片花狀裝飾的紅豆及花豆丸，更是深得我心，可愛又迷人。

除了隱藏巷弄內的日式點心，嘉義的冬天更有難得一見的炭火麥仔煎。以溫潤麥香與炭烤微焦香，帶來庶民皆可享的甜蜜溫暖。由右至左的「氣味好－營養好」手寫字樣、搭配手繪麥仔煎圖樣，如同布袋戲或歌仔戲的精緻手繪招牌，是我指認無名攤車的美味印記。我愛吃的這小攤子，原位於垂楊路與吳鳳南路轉角、崇文國小圍牆旁，第一代主業是鳳梨銷售，在產季交接的空檔期兼賣小生意；如今已傳承給第二代接手、近期也搬遷至吳鳳南路小巷弄中，持續提供著純手工碳烤、四甜一鹹的懷舊美味。

看似單純的麥仔煎，其實製作起來一點也不簡單：傳承自老頭家的麵糊比例，發酵不能過頭、若不足也達不到膨脹程度，花上一個多鐘頭攪拌後，倒入炭火烤盤、抹平後再鋪均餡料，以龍眼木烤出煙燻香氣、微帶甘甜口感。相較於坊間常見的瓦斯烤爐，炭火烘烤更是考驗功力的所在。若速度太慢則餅會焦，若轉盤子不及則烤度不一、口味不均，而不同口味的餡料需要的烘烤時間也不同。

這完全純手工的製作過程，從倒麵糊、鋪餡料、平均烘烤，所有程序不假手他人的一氣呵成，面對炎熱夏天單人製作實

在辛苦，過了冬天才現身。經過炭火加溫，不過多久，原本的麵糊已烘烤為厚實煎餅，只見老闆快速地將餅刮起，分切堆疊於炭火小爐上、以竹片為底隔水保溫，猶如蓋棉被般蓋上薄布，讓每個顧客都能品嘗到，維持如同剛起鍋的香脆不濕軟。那層層堆疊的麵糊包裹著多樣的餡料，是樸實美好的甜蜜斷面秀。我尤其喜歡保有粗花生粒的香甜口味，以及混合蔗甜香的紅糖古早味。若不想吃甜時，蝦米拌蔥花、芹菜珠的鹹口味，更是讓小鳥胃的我，如同吃了主食般的飽足。

透過季節限定，我深刻感受嘉義的四季流轉，而因應時節的輪番上陣，更是深藏於日常的真實生存拼搏。我也沉迷於如此的季節美味，渡過在嘉義的每個春夏秋冬。

夏季以魚翅肉羹為主，中秋後到隔年農曆四月，則換上現撈現炸土魠魚羹，無店名小攤上輪番上陣的美食，提醒著我：該換季囉！

日式饅頭
紅豆餡饅

咖哩
15元

紅豆丸
15元

花豆丸
15元

綠豆沙糕
15元

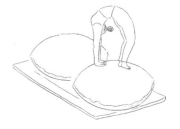

不假手他人的純手工甜品，因嘉
義炎熱酷暑製作辛勞，到了冬天
才現身街頭。以將懷舊復古的日
式點心、炭火現烤的麥仔煎，化
為季節限定的快閃驚喜。

銅鑼燒

市場裡的味覺地圖

搬離永和、初抵嘉義，對我來說一切新鮮，先是尋覓住宿點、接著就是填飽肚子了！一開始人生地不熟，我的採買方法是：打開 Google Map 搜尋最近的連鎖超商，快速採買後返回住處烹煮；待一切安頓就緒之後，廚房展架上多數重複出現的食材，已無法完全滿足我的胃袋需求，我開始轉移陣地到傳統市場，從躡手躡腳的怯生生、到熟門熟路地和攤商盤撋（puânn-nuá），不知不覺中「市場」不再只是嘉義旅遊的推薦景點，更伴隨著我的生活日常。

移居嘉義多年下來，我換了幾次住宿點，但我的市場採購路線，大抵都環繞著鄰近竹崎交流道的東區邊陲聚落，順著民權東路坡道而下，行經嘉義樹木園、再從嘉義公園轉向公明路。不擅騎機車的我，將車停妥於東門圓環處再步行入內，沿途從遼闊的山景綠意、至來往密集洶湧的東市場街廓，是我每週必備的進城儀式。隨著我在嘉義生活的日子久了，也開始有了不存在於旅遊報導、專屬於自己的「市場路線」。

相較低溫冷鏈的保存方式，市場裡的溫體生鮮肉品，代表著產地直送、現宰新鮮，而各具特色的展示陳列與處理手法，是攤商展現魅力的所在，也總是我採買的第一站。

隱身於共和路上的無名雞肉攤，僅披掛著「放山雞」字樣輸出帆布為識別指標，我會依照當天的需求，選擇口感扎實的土雞、或比較軟嫩些的仿仔雞，請攤商現場協助雞腿去骨、並拔除雞胸外皮。市場採購新手如我，若在攤前思考太久，喜歡的部位就會被簇擁採購人潮捷足先登，而我也因此逐漸練就快速「下好離手」功夫。

至於採買海產，則是考驗記憶力的時刻了！攤上整齊鋪排豐富多樣漁獲，魚眼飽滿明亮、魚鱗閃閃發光，是當天從海港直送的新鮮象徵。說來汗顏，我雖然常買魚、但對於「指認魚種」實在不在行，因此我時常站在攤前回想著：「上次買回家蒸的是哪一種？」、「糟糕，上次我問過老闆這個魚適合怎麼煮？怎麼又忘記了！」我如同重修生物課般，硬著頭皮再次詢問，挑了魚種放入自備的保鮮盒，雖然下次我可能還是記不得，但，好吃就已足夠。

至於蔬果，我喜歡在熟悉的街頭轉角買蔬菜、穿梭巷弄比較哪一攤的水果更新鮮。「妳最近怎麼比較少來，工作比較忙嗎？」、「看妳自備環保袋，多送妳一些 sá-bì-sù！」攤商們總以最直接的方式，表達對我這個「異鄉人」的關懷。

更讓我著迷的嘉義食材，大概是一年四季輪番上陣的新鮮物產吧，我著實被這產地直送寵壞了！春季有著如山一般的成堆新鮮青梅，買後洗淨與冰糖相疊分層入罐，靜置半年為自製梅酒；接近夏季則是結果纍纍的桑椹，嬌嫩果實若不趕緊處理則腐壞，是來自嘉義縣義竹鄉期間限定的華麗艷紫，我也學著熬煮鮮果為醬，加入原味優格和燕麥為早餐、調和氣泡水為飲，是純天然的消暑良方。

當時序邁入夏季，更是產地直送的澎湃大匯集！來自民雄與關廟的鳳梨，多樣不同品種、卻有著同樣的酸甜多汁帶勁；來自台南白河的新鮮蓮子，消暑退火且綿密清香，更有民雄牛斗山的菜藕，地下莖肥大適合入菜，攤商阿姨更教我：較短的適合涼拌、較長的可以敲碎後煮蓮藕茶；來自官田的菱角鬆軟香甜，攤商阿伯俐落剝殼處理，直接蒸煮或燉湯都方便。到了中秋則見滿滿的柚子山，邁向冬季換上我最愛的

茴香和菠菜登場，翼豆、蕗蕎、蘋婆、樹子等過往少見的食材，也開始出現在我的廚房。

而不定期出現的節令品項、隱藏版的快閃出沒攤商，不僅是我和好友們間的通關密語，也是我的市場小確幸。每逢春夏交界之際，文昌公園旁、協安宮對側總有個醃製桃李的小攤，無化學添加的微酸甜、融合原有水果香氣的口感，讓人一秒墜入回憶時光，是過了端午就沒有的季節美味。

隱身於共和路上的純米攤，春夏季生產粉粿為主，以天然黃梔子與黑糖的天然食材染出對比色；到了冬至則以純米為底，運用地瓜染黃、芋頭染淺灰紫、山藥染深紫，搭配純米紅白湯圓，五種顏色令人驚艷；農曆春節前，則換上綠色艾草、墨綠荊殼、紅豆的多色年糕，買回家切開後散發淡雅天然香氣，是不甜膩的年節限定。至於騎著機車穿梭街角巷弄中，溫暖直送牧場鮮乳的「牛哥」，更是可遇不可求的神出鬼沒驚喜！

「你今天運氣很好喔，平常我比較晚才來，今天被你遇到！」「你如果要喝，也可以試著加一些鹽，現在買回去先放著，

晚上再冰沒有問題，可以放個四、五天。」

解釋完怎麼喝鮮乳，阿伯又快速騎上野狼揚長而去，徒留一臉疑惑的我。返回家後等不及嘗試，我發現相較於「冷藏鮮乳」，經過加熱殺菌後填裝的「溫熱鮮乳」，表層帶有些許乳脂，一口喝下滿是說不盡的濃郁乳香，是難以忘懷、從舌頭到全身的溫暖舒暢。

我這個嘉義住民新鮮人一次又一次地走入市場，隨著產地直送體驗四季脈動，跟著現場手做料理感受庶民活力，參照攤商口述食譜學著在地媽媽的手藝，在填飽味蕾之餘，或許也透過市場讓自己靠近嘉義更多一點。

每當和多年老友相見，大家總說著：
「沒想到妳真的在嘉義待下來了！」
「以前那個穿著豹紋洋裝、戴大耳環的 City Girl 在哪？」

我想是吧，移居嘉義後我才開始學著和自己共處、如何保留時間過生活，相較於過往總是塞滿工作、假日趕場看電影參加展演開幕的我，走在市場裡的我，似乎自在了許多呢。

嘉義攤車風景

時常覺得，如果一個城市沒有攤車，應該少了很多有趣吧？不似店面般定點開張，猶如當代游牧者般地恣意流轉，有的不定期神出鬼沒、有的快閃公告華麗現身，各自憑藉著一手好本領，與來往顧客們進行最直接的接觸，不僅是我的獵奇目的地，更是日常生活中的美麗風景。

我在嘉義追逐的第一台攤車，是在地朋友口中、傳說般的「無名阿伯甜品攤」。我特別找了個充滿陽光的早晨，根據朋友描述的有限線索：「阿伯攤車是綠色的，早上會出現在公明路和成仁街路口。」初抵嘉義人生地不熟的我，好奇地跟著導航到達交叉路口，觀察四個交叉點仍未見任何攤車，心中不禁思索著：「真的是這個路口嗎？難道是我找錯了？」「朋友說阿伯九點左右就會出現，怎麼還沒看到？」

帶著既期待又懷疑的心情，等不及的我來回步行於周遭街廓，時不時觀察著來往的行人車潮，尋找著那傳說中的身影。當我快要放棄等待時，

終於瞥見一個淡綠色的鐵製手推攤車，從遠方的街角慢慢地前來，我趕緊兩步併做一步、奔跑衝向路口，等不及買下第一份的清涼古早味！

手寫招牌標示著四個單純品項，整齊鋪排於乾淨通透的小玻璃櫃中，阿伯將淡雅杏仁與清爽綠豆，凝結為可以帶得走的台式迷人氣味。我從口袋掏出銅板，在小攤上選了綠豆露和菜燕，帶回家後切小塊放在小碟子上、再以木托盤做底，在午後自行享用懷舊的幸福。

欣喜完成我心中的第一個「嘉義攤車地圖」的座標後，如同開啟我的集點蓋章魂，我開始穿梭於街角巷弄中，尋找著這些移動的人情味。我平日遊走於舊時東門城出外必經的公明路上，那裡並存著諸多帶有歷史感的老醫院建築與眾多的新式診所，混雜著各式商家與攤商聚集，我感受著在地朋友口中稱為「醫生街」的年代故事，行經忠孝路交叉口，懸掛著「正老牌綠色粉粿」的小攤吸引了我的目光。

鐵製手推攤車的中央固定著老式竹籠，上方堆疊著層層的編織竹篩，蒸炊後呈現固狀的淡綠色粉粿，大片如圓盤般盤踞

了整個篩面。僅見年邁阿伯佝僂彎曲著身體，右手持小刀片，徐徐地將大面積粉粿劃為平均條狀、接著分段斜切，成為一個個背面仍印著竹篩交叉編織痕跡的半透明小菱形。在地熟客們如同得來速般，騎著機車快速帶走一袋五十，而我則是捧著這些散發出微微綠豆清香的 Q 彈，感受純手感的溫潤微甜。

順著忠孝路往東市場街廓走去，與二通中正路轉角處，即見標註「黃記」的小攤車，年輕女孩們動作俐落並熱情地招呼著來往的顧客，共同守護著傳承三代的無添加單純口味。小型的透明玻璃櫃分為三層，展示著如同琥珀般的爽脆菜燕、散發淡雅香氣的粉綠色綠豆粉粿。透過半透明圓團狀或方塊狀，帶給客人們一年四季都可食的清爽甘甜。而其中，更吸引我的，則是坊間日漸少見的「涼西丸」了！

攪拌粉類和水為稠狀粉漿，快速包裹捏成圓球狀的紅豆泥，接著將一顆顆同樣大小的白色小圓糰放在盤上、下方墊著小紙片阻隔，蒸炊為澄澈透明的 Q 軟外皮，晶瑩剔透如同彈珠般，煞是迷人！

我現場買了小袋裝，以竹牙籤將涼西丸戳起置入口中，不似想像中的黏牙甜膩，還來不及回到家，在散步途中我竟然吃完了！

過了中午的北興街，不佁早晨市集或夜間飲食攤商頻繁往來，鄰近友愛路交叉口，每到下午則出現一台藍色小攤車，上方招牌寫著「吉鑼餅」。中年夫妻有默契地相互照應著，一人負責現點現煎、一人負責招呼，在地熟客們快速來往點選，而我則好奇著這葫蘆裡賣著什麼藥。

老闆看我好奇，指著攤前媒體報導說著：「吉鑼是我媽媽的小名，我和太太也差不多接手三十年左右了。」將調和麵糰分成小坨，撒薄後包裹或鹹或甜的餡料，快速熱鍋油炸撈起，一個個如同巴掌大的小煎餅，看來模樣可愛極了！嗜甜者可嘗試綿密清甜口感的綠豆、或是濃郁噴香的花生，而爽脆高麗菜絲拌著花生粉、或在添上冬粉增加口感，則為有趣的甜鹹並存，胃口並不算太大的我，時常被這小巧的無油耗味所療癒。

當時序到了下午，嘉義街頭則陸續換上多樣的煎餅攤：老眷村聚落旁的各式蔥油餅、國小旁的現炸糯米、美術館旁冬季才營業的現撖現包現油煎，融合酥脆麵香與撲鼻油香的多樣選擇，帶給人們大口咬下的渾然幸福。

如此輪番上陣的街頭風景，不同時間點在不同地點出現，從早到晚提供著恰到好處的見好就收，使這個城市變得更加迷人有趣。然而，不知是否因為攤主年歲漸長、或是我又擦身而過，有些曾經品嘗過的美味，卻已成為遍尋不著的味蕾記憶，徒留站在街頭的我，回頭遙想移居歲月中經歷的春夏秋冬，原來是酸甜苦辣併行存在著。

只賣四種台式甜品的無名小攤，是我追逐的第一個移動攤車風景。如今似乎已不見它的身影，這清爽的懷舊滋味，仍常存我心。

早晨穿梭東市場街廓,年
邁阿伯的綠豆粉粿、三代
女孩的涼西丸,以純手工
的溫潤微甜,帶給人一年
四季都可食的清新舒爽。

當時序到了下午，嘉義街頭則換上多樣煎餅攤現身，以酥脆麵香融合撲鼻油香，是幸福感油然而生的散步甜食。

你想帶走的古早味

我在移居嘉義前，每次往返台北嘉義出差的日子裡，在地的朋友們總是熱情地招呼，不僅將我工作會議以外的行程塞得滿滿的，且知道我對懷舊古早味情有獨鍾，在我北上前也不忘分享。他們等不及我推辭，總是笑著說：「你回台北吃的時候，就會想起在嘉義的我們。」

沒想到我在正式移居嘉義後，似乎也轉換了身分，依循不同朋友的喜好興趣、因應不同的節氣時節，換我規劃符合朋友需求的旅遊行程。當然在朋友離開嘉義前，也不乏將他們的行李塞滿，更不忘說：「你就全部帶走這些古早味！之後還想吃再跟我說，或再來嘉義玩一趟！」

說起我的嘉義古早味，首先想起的就是這三家。我對老店「光正堂」的最初印象，大概就是比手掌大的「壽桃麻糬」吧！研磨糯米為粉、以冷水揉成糰，滾水燙熟後調和成淡雅氣質的粉紅，包裹當天手工現做餡料，刻意不去皮的紅豆、保留大量顆粒的花生，多層次的真材實料，

總是讓我滿口幸福飽足，也是我時常和朋友分享的「日式菓子的台版混血」。

我向第三代陳家外甥女李孟穎請教，才知道「光正堂」成立於日治時期中央噴水池旁，現在因為原有老店面另作用途，才搬遷至北興街上。第一代外公陳成淮出身「餅窟」豐原，1939年應堀井成夫聘請擔任和菓子師傅，日本戰後撤台後接下經營權，光復後將重心從日式和菓子轉至漢餅製作，巧妙融合精緻手藝與常民需求，從新生兒滿月、滿四月收涎、寶寶周歲、訂結婚、再到長輩祝壽或節慶祭祀，也難怪許多嘉義朋友表示：「人生重要時刻，總少不了『光正堂』。」

除了將傳統大福融入台灣民俗的巨大版壽桃麻糬，小巧可愛色彩繽紛的日式圓糕，也是我很喜歡的「嘉義下午茶」。除了傳統風味，如：綠豆、芝麻、花生、杏仁，更有抹茶、檸檬、草莓、梅香等多樣創新選擇。尤其以天然洛神花粉製作、暈染出淡粉桃紅色的「洛神花糕」，微酸甜入口即化的口感，佐以咖啡或茶共食，更是懷舊又當代。

同樣創立於噴水池旁的「新台灣餅舖」，是許多嘉義人的共

同成長回憶，也見證了日治時期至今的跨時代風景。有幸和第二代盧昆常及第三代盧雅羚聊嘉義，是件很過癮的事：前身為 1901 年吉田秀太郎創立的「日向屋」，曾為裕仁皇太子巡台期間御用指定店。店內點心，如：日式饅頭、羊羹、最中（もなか，MONAKA）等，都是當時高級時尚的指標。二戰日軍撤台後，曾經服務於「日向屋」的台籍盧福先生，1946 年以「新台灣餅舖」為名於原址創業，更為了傳承御匠手藝，在 1979 年禮聘日本和菓子大師新見幸一進駐指導。至今傳承三代，現仍以「品質新鮮、忠於原味、師法自然」為主要信念，世代延續百年餅藝。

猶記得我第一次與「新台灣餅舖」相遇，是多年前朋友和我分享的經典羊羹。相較於果凍般口感滑順的水羊羹，堅守傳統長時間煨煮的「煉羊羹」手法，以人工耗時填充紅豆、梅子、栗子、茉莉、黑糖五款風味，濃稠且具 Q 度。特別縮小份量調整盒裝設計，以深黑色為底、亮金色勾勒花紋線條，品味典雅高貴回憶，也讓我想起我那受日式文化影響極深的奶奶，每年一期一會送給孫女的祕密信物。

同樣令我愛不釋手的手工麻糬，以水磨米漿煉製外皮，包裹

特製紅豆餡、花生粉及芝麻粉，外層撒上溫順不搶味的綠豆仁粉，一口咬下滿是溫潤幸福。而取自法文（bouchée）、日文（ブッセ）的「浮雪餅」，鬆軟蛋糕外皮帶有糖霜有如雪花紛飛，內夾甜中帶鹹的奶油乳酪，與棉柔外皮包裹蜜紅豆及黑糖麻糬的「大福燒菓子」，都讓我品下菓子，遙想著那曾經的摩登繁榮。

源自於法國、流行於日本的「檸檬餅」（レモンケーキ），雖以「餅」為名，實則海綿蛋糕般的鬆軟綿密，將麵糊倒入檸檬狀模具進烤箱，烘烤後蘸上帶有細緻檸檬香氣的白巧克力，引入台灣後形成轟動，不同城市皆有知名品牌。當然，在嘉義也少不了這個異國情懷。朋友知道我獨愛檸檬特有的清香酸甜，特別和我分享了「南馨食品行」的檸檬餅，打開手工凹摺如藝術品般的細緻包裝，一口咬下滿是懷舊雋永，盒裝上前側繪有櫻花、後方山景，標示「Since1953」的「阿里山牌」標識，也讓我印象極為深刻。

和第二代賴堃檠請教了「阿里山牌」的緣由，我才知道，第一代賴助先生最初以「南馨製餅舖」為名，在蘭井街大量製作批發西點麵包與羊羹。眼光獨到的他，於 1953 年就註冊

品牌，當時火車站周邊、甚至北港朝天宮旁的店鋪，皆以販售南馨出產羊羹為主，更辦理入山證，至阿里山沼平車站開設區域第一家店鋪；爾後因羊羹發酵時間長、無法滿足現場大量的採購需求，店家在調整人力與作業流程，才改以「伴手禮專賣店」為經營主軸。

歷經多次搬遷，如今行經吳鳳北路、推開「南馨食品店」落地玻璃門，大片手寫書法匾額映入眼簾，前側展示櫃上整齊排列的雪花餅、檸檬餅、羊羹、方塊酥等多種品項，後側作業區乾淨通透，無油耗味盡是撲鼻糕餅香。除了檸檬餅，軟綿細緻不甜膩的「雪花餅」，也是我時常和朋友分享的嘉義味：烘烤過的蓬鬆餅皮，灑上如同雪花般的超細糖粉，快速填入檸檬或鳳梨口味的上等奶油夾心，除了直接品嘗，我更私心喜愛冷凍後，猶如冰淇淋蛋糕般的驚奇口感。

關於這些嘉義專屬的懷舊風味，對我來說，吃的不只是精緻手藝，更是人際情感的交流；不只是巧手雕琢造就經典，更是歲月累積的深層韻味，是彌足珍貴的溫潤存在。

下次來到嘉義，你想帶走什麼古早味呢？

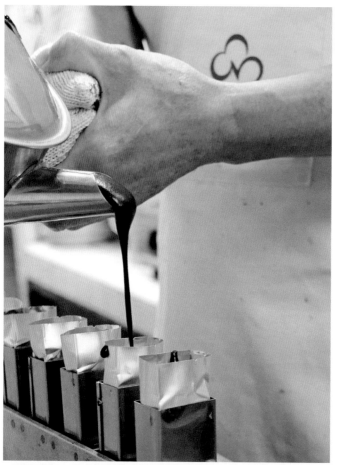

濃稠具Q度的經典煉羊羹、
手掌般的巨大版壽桃麻糬、
鬆軟綿密的檸檬餅〜品懷舊
精緻手藝,也走入嘉義專屬
的摩登時尚風華。

甜點賓果

若要我形容嘉義的「甜」，我會說是日常卻細緻、溫柔且不張揚的，不似台南甘甜的濃郁鮮明，以帶著文人般的優雅風範，透過單純且新鮮的食材，搭配出適合在地風土的迷人氣味。

如果說「每個嘉義人都有自己的雞肉飯排行榜」，在我歷經實際移居生活後，我更深刻地察覺：「每個嘉義人都有自己心中的甜。」圓環旁早晨限定的杏仁茶加蛋加油條、市場內冬天限定的桂圓甜米糕、融合多種水果甜香的三味四味果汁、曾經的阿伯手工現打碳酸氣泡飲品……嘉義人依著各自心中私藏的名單，解除身體的渴、補足心靈的甜。

而我心中最具代表的「嘉義甜」，非「豆漿豆花」莫屬了！滑順綿密的豆花體、浸潤在溫潤的豆漿裡，一口吞下滿是豆香，如此「一次品嘗多種豆類的吃法」，讓在台北長大、過往吃豆花配糖水的我，初抵嘉義第一次嘗試就愛上，甚至到外縣市旅遊、或偶爾返回台北工作時，

總是問著豆花攤：「可以把糖水換成豆漿嗎？」、「為什麼你們沒有豆漿豆花的選項？」原來，我早已沉迷於「嘉義甜」，也不自覺被同化為「嘉義胃」了。

在嘉義，有著豐富多元的豆漿豆花選擇：單純豆類大匯集的豆漿加豆花、添加傳統古早味的綠豆薏仁花生、搭配油條增加酥脆飽足感、融合創意配料營造新鮮感，甚至還搭配以豆漿為底製作的冰淇淋，結合為「一豆三吃」的絕妙組合。而這樣的庶民美味，遍及於巷弄裡的無名小攤、夜晚才現身的甜點鋪，更有改裝老醫生館的嶄新時尚店面，皆以溫潤不搶味的甜，帶給人們日常又難忘的味覺體驗。

面對如此多變的吃法，最令老派如我著迷的，還是單純的無糖不加料口味：以微涼不加冰的清新淡雅，對抗北回歸線通過的高溫酷暑；以溫熱的綿密甘醇，在冬季感受被豆香環繞擁抱的溫暖。如今，只要朋友造訪，我總是先安排飽餐一頓，最後以豆漿豆花做結尾，更不忘提醒著：「相信我，只要你們吃過豆漿豆花，就會回不去糖水了！」朋友時常笑著回應：「你是豆漿豆花大使嗎？」而我依然樂此不疲、不斷分享著。

而這樣的清甜混搭，不只存在豆漿與豆花相互交融，身處豐沛物產交會處的嘉義，更將一年四季的新鮮直送，轉化為獨家比例特調，讓人快速飲下充滿果香的清爽。猶記得第一次嘗試「嘉義專屬特調果汁」，是從名為「羅山」的三味果汁開始。那如同天然香水般的清香，喝來酸甜順口、甚至有點優酪乳的錯覺，讓我不禁思考著：「到底是哪三種水果？」、「為何會選擇這三種水果打成汁呢？」

爾後我才知道，這「三味」來自於酸甜有韻的鳳梨、香醇濃郁的木瓜，保留了香氣、但去除了苦澀的檸檬；以「羅山」為名，則因過往延平街與成仁街角為羅山戲院舊址，仍可透過周遭以戲院名為品牌的店家，遙想過往繁華榮景，甚至在當時也洞燭先機註冊商標，成為第一家登記專利的果汁專賣店。至於不只存在於一家的「四味」，則是再加上芳香清雅的芭樂，飲下後帶有淡淡回甘尾韻，將四季終年皆產的水果，調和為一杯新鮮現打的果汁。

關於多種鮮果混搭的想像，在嘉義可不僅止於「三味」與「四味」。穿梭於有著檜木屋頂的東市場，向老攤點份古早味土楊桃原汁調入七喜汽水，傳統呷涼搖身一變為微氣泡

飲；穿越市場洶湧人群的機車潮，鑽過小巷抵達銜接民族路的南門圓環，土楊桃經過長時間醃漬，去除酸澀濃縮出甜，我總喜歡來份帶有醃漬果粒、加上楊桃原汁調和碎冰的吃法，而那造型永遠時髦 siak-phānn 的老闆娘，數十年如一日好似歐陽菲菲的爆炸頭，更是不可錯過的街頭風景；隱身於彌陀路的無名小攤，懸掛著「金甘茶」三字招牌，年邁的阿姨手腳俐落地現切金桔後榨汁、再與現壓甘蔗混合，完整保留金桔酸甜與蔗香濃郁，綜合兩種懷舊古早味的精華，形成潤喉又舒暢的絕妙好滋味。

而混搭多樣藥材的青草茶攤，如同街邊中藥行得來速，以「只想為你好」的姿態，承襲老祖宗的智慧，將各自的私藏配方，化為日常皆可品飲的庶民解方。在曾經的國際戲院旁，有著同樣名為「國際」的肉粽、豬血湯、涼麵等美食攤商，如今，「國際街仔」因戲院連續火災熱鬧不再，以其為名的青草茶，持續在西門街口提供著清涼解方，騎著機車快速飲下一杯，不過一分鐘急速離去，以正面是熊、背面是大象的大瓶罐裝，更是隱藏版的限定趣味逸品。

同樣令我著迷的，還有各式各樣的純手工甜品，不量產製

作、現點現做，提供著充滿手感、晚到就沒有了唷的手感甜蜜。曾存在於空軍眷村市場的麻糬攤，在聚落拆遷人群散落後，搬至小巷弄內，持續提供著四代傳承現做美味。雖然現在老攤子有著混搭金莎巧克力與芝麻、紅豆泥包覆大顆草莓、外皮再裹上花生粉等多種創新口味，然而我最喜歡的還是經典綜合。不甜膩的綿密紅豆泥、保留顆粒口感的花生餡、再加上濃郁滋養的黑芝麻餡，一咬下 Q 軟外皮，三種餡料口感混搭自然化於口中。雖然每次造訪皆須耐心等待，但手工現做一切很值得。

相較於現今坊間連鎖手搖飲料店、新奇甜品冰舖四處林立，我以自己的步調，悠悠地、緩慢地探索著，再一次又一次的品飲中，逐步蒐集填上心中的「嘉義甜點賓果」，漫遊於灑滿陽光的嘉義街頭，徜徉其中、回味不已。

許久不見的老友們，常笑我說：「你是豆漿豆花大使嗎？」被嘉義同化的我，總是不時分享著，這一口吞下滿是豆香的美好。

南門圓環旁的楊桃冰、市場裡冬天
限定的桂圓甜米糕、混搭多種藥材
的老字號青草茶～我心中的「嘉義
甜」，是帶些文人氣息的優雅，溫
柔且不張揚，漫遊於嘉義街頭，逐
步填滿心中的甜點賓果。

以無名爲名

關於飲食口味和料理手法的觀察，我算是從「無名攤」啟蒙的吧。我手藝極好的母親，每週上市場採買為必須，從小我也樂得跟著穿梭生鮮攤商，僅見她熟門熟路地在巷內買魚、在轉角買雞，到街邊買水果。每週固定日出攤的手作油飯、隱藏街角不定期出現的仙草愛玉攤、週末才有的油雞燒肉攤。採買完後，到沒有招牌的素食麵攤，點份乾麵搭配羹湯、切盤清爽滷菜。時隔多年，麵攤早已轉手他人多年，我還是時常和母親聊起，那時上市場的味覺記憶。

我在嘉義的「無名」尋味旅程，是從「米糕」開始的。早晨驅車行經民權路，無名老攤前立牌僅標示著「米糕－碗粿」兩大字，曾聽在地朋友稱呼其為「碗粿南」或「忠孝路無名米糕」。懷舊復古的木製老攤車、較坊間常見尺寸小巧的木製板凳、細緻編織的藤編老桌。透過店內仍使用多樣的懷舊復古物件，我似乎也見證了店家曾經搬遷多次的歲月痕跡。

入內不見菜單，我好奇聽著來往熟客們怎麼點：

「米糕碗粿各一個，碗粿要瘦一點的！」

「還要再一個排骨酥湯！」

「我還要多外帶一個魚酥湯！」

站在攤前默默觀察後，我才知道無名老攤主要提供米糕和碗粿兩種主食，湯類分為排骨酥和魚酥兩種搭配，而碗粿更有肥瘦之分。我跟著點了米糕碗粿為一組，以磁盤盛裝倒扣筒狀米糕，下方為溫潤軟嫩的白色糯米、上方為肥瘦相間的棕色滷肉，猶如鹹版布丁般上下分層，我學著在地朋友淋上粉紅色醬料，微甜中帶辣；同樣以瓷碗盛裝的白色碗粿，米漿拌入些許油蔥與肉丁蒸炊熟透，散發著淡雅清新米香。以傳統竹叉分切米糕，籤入Q彈糯米體送入口中，接著劃開飽滿碗粿為塊，沾裹著琥珀色濃郁醬油膏，享用雙重米香。

而這樣「以無名為名」的米糕攤，在嘉義也不只一處，都以單純的軟黏樸實，快速填飽每個飢餓的脾胃。每到下午四時，鄰近延平街的國華街老攤總是熱鬧，入口僅標示「米糕」二字，料檯前的男主人不發一語，快速俐落地站在鍋前不停舀米飯。牆上貼著四個單純品項：米糕、滷蛋、滷貢

丸、貢丸湯，累計加總不到一百元的銅板價，我好奇地依循著來往熟客的跟後，點了四個品項為一組。

經過蒸炊的長糯米飽含水分，攪拌油脂為閃閃發光的粒粒分明，有別於筒狀如糕狀的吃法，老闆熟練地以竹籤將米撥鬆，快速將溫熱的白色糯米置入碗中，淋澆上手切肉燥、再飾以醃漬小黃瓜片，小碗中米白、棕褐、青綠三色搭配得宜。我托碗咀嚼彈牙黏軟糯米與香而不死鹹的醬汁，再吃塊調和微酸爽脆小黃瓜，共組為相得益彰的大滿足。我看了鄰座顧客們熟稔地淋上蒜泥與甜辣醬，如同通關密語般地不發一語且動作一致，也跟著進行了同樣的步驟，學著在地人品味日常。

以米糕為起始，隨著移居生活日益漸長，我陸續有到市場巷內必買的雞肉攤、轉角的新鮮蔬菜攤、週末才出現的甜品攤。日常生活中也開始出現許多不可取代的巷口那一攤。

低調隱身光彩街的那無名小攤，看來與一般民宅並無不同。約莫凌晨六點，年邁的老婆婆獨自一人安安靜靜地，先是來回搓揉調和麵糰，撖開後包裹或鹹或甜的餡料，接著烘烤出

爐為餅，最後蓋上布保持溫度，在無聲間完成了一條龍的燒餅作業。我不確定阿婆的手藝，是否與周遭曾經存在的眷村有關？然而那簡單樸實、現擀現揉現烘烤，卻時常是我早起的理由，許多熟客甚至一次就帶走數十個。

相較於厚燒餅撲鼻的麵香，阿婆的手作燒餅則是皮薄小巧不油膩，圓型鹹口味包肉末，外皮酥脆帶著淡雅鹹香；長條型甜口味外型有點類似牛舌餅，少了濃厚的甜膩、多的是清新香甜。極有個性的阿婆不太與客人寒暄，我曾不只一次看見她揮著手說：「你不要拍我，之前有人拍了分享，變得很多人來。」而阿婆近期似乎身體不適，我也好一陣子沒看見無名燒餅攤的身影。但那份清新麵香卻一直存在我的腦海中。

若想來點隱藏版甜味，我時常驅車前往民權路無名攤。懸掛的招牌寫著「粉圓冰－愛玉冰」，大型透明桶內疊滿新鮮檸檬，是現擠清香酸甜的來源。我尤其喜歡店家自製的配料，手洗愛玉保留天然凝結果膠與纖維，軟嫩滑順且入口即化；自製的粉圓滑潤 Q 彈如彈珠，雖有些大小不一、卻飽富彈性不軟爛。喜食酸味的我，尤其喜愛再添上現擠檸檬，坐在店內從瓷碗中撈起吞下，或是以塑膠袋裝澎湃外帶，插上軟

管（suh-kóng）一飲而下，就是最潮又消暑的老派 style！

談到「以無名為名」的名單，每個人心中應該都有那些大隱於市的存在。我常和朋友開玩笑說：「全台最大的兩個餐飲集團，應該就是『我家巷口』和『無名』！」這些沒有招牌、卻口耳相傳的約定俗成，遍及日常生活街角巷弄，橫跨從早晨到深夜的可鹹可甜，是不想對外公開的私藏名單，也莫怪乎 2022 年米其林指南推介台南四間無名攤入選必比登時，引起台南人一片嘩然與激烈討論。畢竟，以無名為名的鹹粥、虱目魚、牛肉湯、羊肉湯，可都不只一攤呀！

至於為何「以無名為名」？我想，每個口味有著不同的理由；但更多時候，或許也沒特別思考「無名」或「有名」其間的差異？相較於命名，持續穩健地維持手藝、提供著賣完為止的剛剛好，似乎才是我關注的重點。我們就盡情回歸最原始的美味，關於那些「無名」或「有名」的討論，就暫時拋到腦後吧！

遍及日常生活街角巷尾，從早晨到深夜的可鹹可甜，米糕、碗粿、燒餅、甜品攤～而你心中是否有著沒有招牌、卻不想公開的「以無名為名」？

粉圓冰 30元　仙草冰 25元　綠豆冰 30元　檸檬冰 30元　綜合冰 35元　愛玉檸檬 35元　粉圓冰 30元　愛玉冰 30元　愛玉冰 30元

愛玉檸檬 35元
粉圓愛玉檸檬 40元
仙草愛玉檸檬 40元
綠豆愛玉檸檬 40元

藏在心底的阿字輩

我偶然在社群平台看見一則關於「台南阿字輩」的討論文章，說是：「到台南玩，若還沒想到要吃什麼，只要搜尋『美食』加上『阿』，就有一長串保證不踩地雷的清單。」

好奇之餘，我忍不住和朋友們聊起了「嘉義阿字輩」，卻發現原來每個人都有自己的「阿字輩私藏名單」：有著晨起活力來源的早點攤、中午填飽脾胃的米食舖、下午想來點甜的冰品攤、抑或是疲憊工作後的療癒麵攤。

以「阿」為名，不僅顯得親切溫暖，更似乎暗示著「區域限定」、「在地私藏」的美味象徵，許多時候以無名攤起家，來往顧客依著店主人名，口耳相傳為街頭美食地標，憑藉著真材實料與樸實手藝，成為街頭巷尾不可或缺的存在。移居嘉義這幾年來，我隨著「嘉義阿字輩」走入在地的風土滋味，而這些隱藏街角的平凡溫暖，也陪伴著我的生活日常。猶記得，我第一次吃到「阿潘」，是初抵嘉義時同事分享的一

家肉包店。店裡賣的咖哩餃，猶如金元寶般的黃澄外皮，包裹著濃郁順口的咖哩內餡，一口咬下盡是酥脆鹹香多重滿足，讓我不禁思考著：「為何肉包店賣咖哩餃？而且還很好吃？」

爾後，因緣際會我和第三代潘韋誠結為好友，才知道出身屏東東港的阿公潘瑞仁，其實是販售麵食起家，結合所學與專長開發的肉包，深獲好評而成為賣肉包的麵店；到了母親潘美玲，以家族姓氏為名註冊登記，摒除原有的麵食品項，正式轉型為「包子饅頭專賣店」，並發展專業的烘焙產品。

年近九十的第一代老頭家身體依舊硬朗，因長期製作麵食而雙手佈滿厚繭，他聊起當初兼著販售、至今仍受歡迎的肉包口味：「原本內餡以肉加蔥，但放久會臭酸，而竹筍也不一定全年都有，才改為清甜爽脆的豆薯，也讓我們的肉包與眾不同。」新店位於北香湖公園對側的文化路上，重新改造後的店面明亮通透，在地民眾總是一次買著數十顆包子饅頭，而我私心喜歡坊間暱稱為「被肉包耽誤的咖哩餃」，及無添加香精的溫潤杏仁茶。另外，渾圓滿月般的蛋黃酥，以高粱急速去腥古法製作的紅土鹹鴨蛋，慢火烘烤搭配甜而不膩的

豆沙內餡，那猶如餅乾、香酥但不掉屑的底部，更讓我捨不得一口吃完呢。

而源自於街頭巷尾的日常，如今更有諸多的後代加入經營，引入品牌思維與創意設計，持續與父執輩溝通及跨世代的磨合，將原本存在於口耳相傳的「以阿為名」，發展為區域代表的經典口味。

小時候在台北成長的我，印象中「米糕」是呈現筒狀、倒扣瓷碗內的鹹香口感，多年前我第一次在嘉義吃「阿岸」，才知道原來南北米糕大不同！而我竟也開始著迷於，這保留糯米單純口感、淋上些許香滷醬汁的溫潤飄香。

在開始米糕生意前，第一代老頭家張嘉雄曾經嘗試販售水果、甚至豆漿攤，震安宮矮房老厝鄰居看他辛苦，慷慨傳承了米糕製作的技術，爾後張家才開始在文化路設攤。如今，原本口耳相傳為「老張米糕」的無名攤，現已開枝散葉為兩個實體店面。曾經主修設計行銷的第三代張勝傑（Jerry），與同為 vespa 愛好者的嘉義白水設計合作，以磚紅與暖橘色馬賽克磚帶出懷舊感、搭配木頭原色與米糕製作檜木桶相互

呼應，將文化路轉角老屋改造的時尚復古，猶如阿嬤家廚房般，歡迎來往人們回「嘉」吃飯。

「賣糯米是很孤獨的事，只要一個處理不好，馬上就被發現。」Jerry 和我說著長輩們的囑咐。每日早晨先將長糯米浸泡兩小時，依據當日氣候狀況調整蒸炊時間，蒸熟後趁熱拌入豬油，軟硬適中且飽含水分。蒸到 Q 彈的溫熱糯米飯，以竹勺挖鬆微帶黏著度，放入碗中淋上鹹香滷肉醬汁。

我的個人吃法是，喜歡再來份滷鴨蛋和貢丸為一組。「如果以樂團比喻的話，米糕是主唱，而滷汁就是靈魂爵士鼓吧！」Jerry 笑著說。我在融合懷舊元素的創意設計空間裡，品嘗著延續近半世紀的質樸氣味，也期待著這個「以阿為名」，帶來更多不同的驚喜。

如此的「以阿為名」，更以「只想對你好」的姿態，無所不在地溫暖、照顧眾人脾胃。大概是我從小被母親的好手藝慣壞了吧，我對於家常料理的要求特別高，不一定要浮誇花俏，但無味精、無添加則為必須；也可能是我年紀漸長，或是開始練瑜伽後更在乎飲食來源，若非必要外出或工作行

程，平常總是吃得特別簡單。除了自己下廚，隱身成功東街的「阿賢廚房」，算是我最常造訪的安心去處了。純白色系空間點綴著些許鮮綠植栽、以回收老檜木打造天花板，入口半開放的廚房整理得乾淨通透，總是見到男主人阿賢站在檯前，張羅各種現點現煮的家常料理，搭配在外場櫃檯的接單、負責每日限量烘焙的女主人，更時常看見他們的一雙可愛女兒。無花俏裝潢、如同自家廚房，溫暖張開雙臂迎接來往的人們。

簡單明瞭的菜單，維持著開業多年的同樣品項，以燉煮為主、無油炸或大火快炒，少油煙且無味素，也難怪每次造訪，總遇見許多親子家庭或樂齡長輩。我最常點一碗魯肉飯搭配滷蛋，再來盤燙青菜、或從冷藏櫃中選一盤涼菜。相較於坊間魯肉飯的油亮噴香，以紅麴拌煮瘦肉比例較高的肉燥，淋在 Q 彈白飯上但不添加豬油，吃來健康無負擔。同樣簡單迷人的麵食，以 RO 純水烹調所有食材，我尤其喜歡採用五種蔬菜的五木湯麵，搭配無防腐劑不加鹼的麵條、飽含米香的特選米粉或米苔目，一餐吃足滿滿的蔬菜纖維。

對食材來源極為挑剔的阿賢夫妻檔，樂於分享精心挑選的優

質小農產品，因應時節偶爾快閃的自製年糕粿類，甚至佃煮化骨的秋刀魚、蒜味醃鹹蜆仔⋯⋯等阿賢好手藝，更是熟客才知道的限量驚喜。閒暇之餘總帶著全家大小登山的阿賢，將攀登攝影紀錄印成月曆掛在店中，時常和同為愛山人的我，推薦著私藏的登山路徑與探索方式。

原來不知不覺間，對我來說，「以阿為名」已不只是旅遊集點的美食座標，更經由閒話家常、交流生活態度，透過家常手藝展現料理堅持，我在填飽味蕾間感受溫暖關懷，也有了捨不得離開嘉義的美食依存。

謝謝你們，「嘉義阿字輩」。

如同自家廚房般的質樸手藝，亦或引入創意設計的嶄新樣貌，「以阿為名」不只是傳說中的私藏名單，更存在於你我生活周遭，成為日常中不可或缺的一分子。

我的湯品療癒儀式

忘了從哪時候開始，「喝湯」成為我在嘉義的療癒儀式。天冷時喝一碗加上薑絲的清澈魚湯、心情不美麗時喝一碗溫暖雞湯、身體虛弱時喝一碗藥膳補湯，身子溫暖、思緒似乎也跟著順暢了。小時候我被媽媽的好手藝照顧著，如今獨居嘉義的中年女子如我，總喜歡上傳統市場或中藥房，為自己買些適合的食材燉品，或到品質信任的店家點份「只想為你好」的湯品，以溫暖的食補方式，補充我移居嘉義後往前的動力。

相較於立竿見影的西藥快速療程，我的身體似乎更適合食藥同源的漢方療法，透過不只對症、更是關照全身的方式，完整修復身體的機能。經由多年的中醫藥調養下，而加上自主保持瑜伽習慣、並維持飲食平衡，可能是少了台北盆地的悶濕水氣、也可能是生活作息日趨正常，困擾我多年的家族遺傳眩暈症（梅尼爾氏症），竟然在移居嘉義後減少發作頻率，是我一輩子從未想過可克服的事。

漫步嘉義街頭，可見諸多中藥房與藥草店的身影，更有以漢方藥理為基礎，開發一年四季都可品嘗的養生藥膳，在填飽味蕾也調理身體之餘，引領民眾親近與體會老祖宗的智慧。

在民國路、鄰近原建國二村的街廓中，可見到諸多的眷村麵食身影。其中一棟建築顯得特別與眾不同，外觀是蔥蘢蓊鬱的園藝植栽、推開木門則見持續經營中的「永昌堂蔘藥行」。穿越滿室的天然蔘藥香氣、耳聽現場切藥及問診把脈聲，一不小心更讓人忍不住開始採購起茶包或燉補湯品、甚至特製香料紅酒包或當季蔬菜。順著樓梯攀爬而上，才到達了目的地「心宜草堂」。順著店家引導倚桌而坐，以特製中藥茶飲揭開序幕，接續為陶皿盛裝的鮮蔬沙拉、當季水果盅、湯品，依照當天身體狀況，從手寫菜單上點選適合的主餐，最後以桃膠或洛神花茶收尾，如同交響樂般，每道菜依序上陣，共組為完整的漢方食療樂章。

我總喜歡在不同的季節，以店家特製菜單滋補身心。夏季有以狗尾草和仙草為主的兩種燉雞湯，喝來開脾健胃、鮮甜清爽不油膩，而飽含蓮子及藕節的排骨燉湯，一次吃足蓮藕的精華，清熱又安神；以荷葉悶煮醉蝦或山藥排骨的吃法，更

是我對抗酷熱夏季的排解濕暑良方。到了冬季，則換上雙補氣血的十全補膠雞湯，結合四物與四君子湯、再加上肉桂與黃耆的多種精華，及暖腎補血的何首烏燉煮排骨湯，溫暖又滋補，讓我可以對抗寒冷的冬天。

相較於心宜草堂的溫潤典雅，同樣源自家族老蔘藥房的「元生補湯」，以「以食為本，醫食同源」出發，融合當代設計，將漢方食補藥膳變成健康又潮的餐食體驗。一進入時尚簡約的空間，以中藥櫃為背景的接待櫃檯映入眼簾，兩側懸掛「元氣」與「養生」的書法匾額，與家族老字號「元生堂蔘藥房」相互輝映，猶如藥材博物館般的展示介紹，瞬間拉近我與漢方食療之間的距離。

每次打開元生補湯的食譜，我都有股窺見獨家漢方食療寶典的錯覺。以黑、綠、橘、黃、白五色，分別代表金、木、水、火、土五行，搭配著淺顯易懂的圖文說明，即使不是醫藥背景專業的我，也能快速選擇當天需要滋補的湯品。當我工作壓力大、睡眠品質不佳時，便依著菜單上提示的「紓解鬱悶，甩開焦躁不安」，選擇了甘麥大棗燉雞湯，以甘草、浮小麥與紅棗為基底，喝來甘甜且養心凝神；當喉嚨不適咳

嗽帶痰時，則品嘗百合固金燉雞湯，融合百合、蓮子、玉竹與紅棗的湯底、搭配鮮甜雞肉，邊喝邊期待著達到如同菜單上所標示的「清肺舒心，顧好防護力」。

在嘉義，傳統的早餐湯品選擇何其多，一早到東市場來份現宰羊肉湯，或選家喜歡的魚粥魚湯攤，抑或融合極具個性的禽類鵝鴨溫補滋潤，甚至也有一人獨享的濃縮辦桌精華湯品。然而，在我的嘉義喝湯尋味旅程中，最特殊也難以取代的，則是低調隱身於民國路的「楊記」了。

看似與一般民宅並無不同，入口處持續滾燙的大湯鍋，先是震住了我的目光：漂浮著燉到軟嫩的完整蘋果、黃澄澄的切片鳳梨、大塊清甜的紅白菜頭、飽富營養的蝦頭……等，長時間煨煮出雞肉與豬肉質精華，以大量天然的原形食材，共組為無味素無添加的真材實料。

店家稱為「皇后湯」的基底，添加了番茄、蛋花或肉片，自然甘甜。相較於「皇后湯」的清香甘醇，傳說中的「皇帝湯」，則是耗時慢火精燉煨煮的濃郁豐厚雞湯，添加金華火腿、干貝、鮑魚提味，最後煮出表面形成一層膠膜膠質。對

於手藝堅持、極有自信的老頭家，總是樂於分享著「如何喝好湯」的祕訣。他端著一小盅雞湯、一小套茶杯組與瓷湯匙，說明著：「以瓷湯匙，一次舀兩勺雞湯在茶杯中，『像喝老人茶一樣品雞湯』，記得不要一次喝完，要分次慢慢喝。」順著老闆的引導，我在播放著歌劇的麵食水餃店裡，吃著包裹紅蟳肉、鮑魚、干貝、梅花豬肉的極品水餃，咀嚼著調和小黃瓜絲、蛋絲、毛豆、再以新鮮檸檬調味的麻醬麵，最後慢慢品下雞湯。原來，好好喝一碗湯，是如此不簡單的享受。

在嘉義的不同時令，品下適合自己身體的湯，在暖心暖胃之餘，我看見了平凡中的不簡單，是真材實料的持續堅持，是長時間煨煮的時間精華，更是深藏蘊含生活智慧的職人精神。關於那些混亂不確定的思緒，就暫時拋到一旁吧，好好喝湯，好好和自己對話，好好生活且生存著。

無論是清澈魚湯、溫暖雞湯，亦或藥膳食補燉湯，填飽了味蕾也溫暖了身心，成為我在嘉義的療癒儀式。

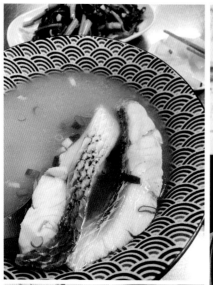

無論是清澈魚湯、溫暖雞湯、亦或
藥膳食補燉湯，緩緩啜飲長時間煨
煮精華，細細咀嚼慢火精燉食材，
填飽了味蕾、也溫暖了身心，成為
我一人就能獨享的療癒模式。

島　內
移住嘉義美味新人生
移　民
輯　三

我 的 日 常
移 動 路 線

跟著圓環繞嘉義｜打開二通，走入街角典藏記憶｜
晃遊成仁街尋找美｜到新榮路，走一段城市縮影｜
漫遊公明路醫生街，尋一份心靈處方箋

跟著圓環繞嘉義

搬抵嘉義前,我曾聽朋友們提過一些「傳說」。比如:舊時諸羅城在四個方位設置城門,因城池範圍向西北擴張、環繞形成如桃子狀,而有了「桃仔城」之別號,至今仍有諸多店家沿用「桃城」為商號名,從飲品豆花到雞排;每逢選舉投票前夕的中央噴水池,即化身為各候選人的對戰擂台,各自動員造勢拚人氣猶如嘉年華會,可千萬不要站錯支持陣營的位置。

我也聽說,路段交匯處的圓環中央,豎立人型塑像從尿尿小童、自由女神、到岳飛,更有動物型態的諸羅樹蛙、梅花鹿,甚至節慶吉祥物管樂節小雞,連結沿街修剪如瑪莉兄弟蘑菇狀的行道樹,串聯為可愛又趣味的街頭風景;而環繞各圓環的美食群聚,從早到晚依著不同時段、不同攤商輪番上陣,延伸至周邊巷弄,更隱藏著許多驚喜。

綜合了這些「傳說」,我嘗試以圓環為座標定錨,有時

驅車環繞旋轉行駛、有時步行圓弧迴圈、有時穿梭延伸街廓，透過一次次的閒晃漫遊，逐步累積繞行嘉義的移動軌跡。

從嘉義火車站出發，沿著「大通」中山路往嘉義公園方向而行，過往為日本人來往活動與商業店鋪的主要範疇，至今依舊是市區的主要幹道。抵達中央噴水池圓環為節點，有別於過往在台北，以交通號誌指示控制移動速率。在這個由中山路、文化路、公明路、光華路四條幹道的交匯處，車輛駛入圓環自然減緩速度，猶如奏起圓舞曲般，移動和緩且運行流暢。說實話，一開始我不太適應，總是擔心害怕突如其來的擦撞，後來卻也慢慢習慣了如此的步調。

曾為可親近的公園綠地的中央噴水池，現已轉化為環繞圓環遙遙相望之姿；中央塑像也從過往的偉人雕像，因應不同的時代堆移、亦更換了多次不同的形象，現為棒球電影《KANO》中的吳明捷投手。轉身看見懸掛「中央第一商場」招牌的小巷道，一側是取名自噴水池的雞肉飯創立總店，一側是開設近一甲子的懷舊冰果室，而取名「七彩」更呼應著，曾經的夜間繽紛燈光秀景觀。

去七彩，我尤其喜歡點份新鮮的現打果汁，或是古早味冷凍蓮子湯，亦或厚實溫潤、帶有小碎冰的手工布丁，當然也可點盤南台灣才有的薑泥醬油番茄。在貼滿大片磁磚、猶如電影場景般的復古氛圍裡，倚靠著鐵桌、坐在紅色塑膠板凳上，品味著這創立近一甲子的甜蜜。

接著穿過一鹹一甜的轉角入口，走入同樣取名「中央」的商場，四周環繞著圍成圓形環狀的建築物，狀如鄰近的噴水池圓環的縮小樣板，若初次造訪，很容易陷入這八卦矩陣中，而走不出往外連結的通道呢！女朋友們總和我說著，過往服裝首飾相關產業的群聚盛況，以及她們共同的成長回憶：
「媽媽會帶我到這裡買玩具！」
「以前會到這裡買衣服鞋子首飾。」
「我高中時在這裡打第一個耳洞呢！」
「以前念書在附近補習，我會到中山路買蓬萊漢堡充飢。」

因產業移轉與消費習慣改變，開放式的老商場圓環，已不復曾經的來往蓬勃，混搭拼貼著奇異建築及懷舊情懷，與周遭的庶民生活場域交融為一體；相較於鄰近人聲鼎沸的噴水池圓環與文化路市集，顯得安靜且神祕，是市中心神奇且微

妙的存在。在一片橄欖墨綠磁磚的建築中，保留轉角通透感的開放式吧檯，不時飄送著溫潤的台式甜品香，仿舊手繪招牌、與具有童趣的投幣式坐騎玩具，吸引著打扮時髦的青年男女們，形成了老圓環中的特殊風景。

總是笑容滿面的年輕女主人 WeiWei（薛佳瑋），是我曾經短暫共事的工作夥伴，才華洋溢的她，畫了一手好插畫、也做策展辦活動，如今更以「高興紅豆湯」為名，將阿嬤祖傳的紫米紅豆湯與手工粉角，轉化為可愛又迷人、新潮又復古的台式午後甜品。

獨愛古早味綿密口感的我，時常選擇溫熱紅豆湯為下午茶。以紅糖長時間熬煮萬丹紅豆，添入紫米與燕麥，增加飽足感且降低脹氣；而外層晶瑩剔透、中心半透微白色的手工粉角，與香甜紫米紅豆湯，互搭為樸實溫潤的暖心暖胃。若還想更濃郁些，我也會再添加鮮乳調味，以嘉義獨角仙農場產地直送的鮮乳，品味新鮮甘醇。

喝完紅豆湯、身心也跟著暖了，步出老商場圓環，我會沿著舊稱「本島人街」的「二通」中正路，穿過文化路往東市場

方向前進。到達光華路與興中街交會處，雖已不見過往西城門的身影、也無環狀繞行的圓環形狀；有趣的是，從不同的角度觀察這個街廓，卻能看見陳澄波畫筆下的「嘉義街景」、方慶綿鏡頭下的「新高寫真館前的廟會遊行」場景，與當今街景相互符合，而諸多佛像雕刻店舖、柑仔雜貨行等傳統產業，也依然存在於周遭街頭。

再順著光華路穿越吳鳳北路，向民族路方向而行，抵達共和路交會處，原有道路瞬間擴張為寬闊的圓環，是曾經的南城門所在地。順著圓弧繞行一圈，有著從早到晚、從鹹到甜的多種飲食選擇，周遭更有諸多以「南門」為名的庶民美味，從燒餅、楊桃冰、到涼肉圓，回應著曾經的歷史記憶；從共和路往兩側延伸，一端連結東市場街廓、一端穿越垂楊路至南田市場，串聯起嘉義日常重要的食材來源集散地。

若聊到嘉義最特殊的早晨風景，許多人總是不會錯過，南門圓環東側靠近民族路旁、約莫六點開始營業的炭燒杏仁茶。沒有固定店面的露天形式，在地人熟門熟路地、拉張塑膠椅

自在坐下，遠看猶如一早在馬路旁一起圍爐，不知情的人，還以為是什麼神祕儀式呢。

傳承三代的老攤，持續提供著單純的品項，而我總是學著在地朋友點「一組」：杏仁茶加蛋，再加一份油條！老闆先是過濾蛋白、打顆完整蛋黃置入小鋼杯，撒些鹽、再以竹筷快速攪拌打散，最後添入碳火現煮杏仁茶，老經驗的動作俐落迅速，瞬間完成飽含蛋香的溫熱杏仁茶。至今我仍不確定，嘉義人是把它當作早餐、抑或是晨間忙碌後的快速暖胃甜品？然而這樣傳承三代的溫醇甘甜，已成為南門圓環旁的早晨通關密語，也是許多來往旅客的探奇目的地。

離開舊有南城門所在地，沿著民族路往東而行，或穿入隱匿於文昌街廓間的和平路 161 巷，在此段不到兩百公尺的古道上，遙想過往進出諸羅城南門，唯一聯繫要道之來往榮景。接著，穿越民族路、順著和平路往北而行，沿途盡是庶民小吃與市場延伸攤商，各有支持者的火雞肉飯、獨具特色的麻辣涼麵與涼肉圓、鮮採直送的蔬果與現宰的肉舖，走至公明路

交匯處，原有的直線巷弄轉變為繞行迴圈，行走的移動速度也跟著緩慢了些。

曾經的東城門舊址，歷經多次的調整，現保留中央島狀部分的公園綠地，四周圍繞的平面道路交叉為圓環；其中央塑像亦歷經多次的置換，如今有演奏樂器的諸羅樹蛙、奔跑的梅花鹿、以阿里山鐵路故事為基座的尿尿小童。而圓環旁的街景也不遑多讓的混搭：一側是傳承三代的神桌家具工藝社，一側是連結著早餐激戰區，鄰近的忠義十九公廟，以祭祀林爽文之亂守城殉亡官兵與義犬公為名，整體綜合起來，似乎是台灣拼貼的歷史、錯置街景的縮影。

步行至圓環中央島狀綠地，往嘉義公園方向望去，是充滿陽光的一望無際，遠方更襯著清晰山陵線，轉過身則是奔馳來往東市場的機車潮，以及尋覓活力早餐的人潮。一側寧靜遼闊、一側人聲鼎沸，雖然老城門已不在，卻仍可感受城內與城外的區別。

我常和朋友說，早上到東門圓環，帶一個胃是不夠的！從堆積如小山的老牌煎粿攤、各有擁護者的古早味肉包、多樣選

擇的燒餅煎包、更有古早味現炊米糕碗粿，以毫不讓人猶豫的澱粉，填飽一早醒來飢餓的脾胃。當天色漸暗，早晨的煎粿攤前，則換成福州意麵的身影，僅見老師傅熟稔地將麵條以沸水燙熟、撈起放入瓷碗中，快速拌入些許油與醬料調味，再俐落刀切滷菜為盤，透過樸實的古早味手藝，陪伴著許多嘉義人的晚餐到宵夜，渡過七十年來的春夏秋冬。

以圓環為節點，我學著走入街廓、探索著曾經的歷史印記；以中央島為中心，以環型車道為延伸路徑，我試圖觀察這座城市的移動軌跡，與不斷往前推進的生活脈動。原來，圓環不只是交通設計的特殊形式，也不只是城市景觀中的意識象徵，更是交疊著來來回回、旋轉環繞的多層記憶，而我也在不斷繞行中，與這座城市發生了日漸緊密的關係。

以圓環為節點，我嘗試展開探
索旅程。中央島豎立的雕像、
不同時段輪番上陣的美食攤商、
延伸穿梭至週邊街廓……我透
過一次又一次的繞行，探尋著
曾經的歷史印記，也累積著在
這座城市的移動生活軌跡。

打開二通，走入街角典藏記憶

走入中正路的方式很多種，你可以氣味為路徑，探索傳統山產五穀雜糧，到如同街道辦桌的多種選擇豐富澎湃；也可透過仍存在於街角的工藝設計，尋找隱藏於日常的創意能量；更可直接遊走於街道上，對照曾經繁華風尚的歷史記憶，形成跨時空的交流對話。

「二通」中正路，不只是昔日「本島人街」的生活記憶，仍陪伴著在地居民與來往旅客，以最接地氣的方式存在著。

尚未移居嘉義前，我時常搭著高鐵從台北南下、轉乘接駁車從太保前往市區，以火車站開始工作行程。對於中正路的初步印象，其實是夾雜於出租機車行、火雞肉飯店、紛亂的廣告招牌之間。第一次拜訪那個晚上，西安宮巨型牌樓散發出奇異的七彩光芒。我怯生生地沿著單向道走入，兩側滿是老牌舊式旅館，隱藏於大片燈箱招牌後，仍可見繁複華麗的老建築殘影。

第二次造訪中正路，則是回程台北前的晚餐聚會。結束出差行程不間斷的工作會議，朋友和我說：「走！我帶你去，絕對會吃飽的沙鍋魚頭！」穿過文化路，遠遠地看見排隊人龍，再往前走些，料理檯前約莫張開雙臂的巨型大鍋，沙茶豬骨高湯底中，大量的大白菜、板豆腐、豆皮不斷滾燙翻攪著，堆積如山沾粉酥炸為金黃色的大頭鰱，壯觀場景更是震撼了我的視覺！跟著人潮排隊等待，踏入明亮乾淨、佈滿檜木設計的用餐空間，等不及我理解菜單點法，朋友已經點了滿滿一桌的沙鍋菜加魚頭肉、冬菜蝦仁湯、沙魚燻、三色蛋、花枝、生腸，更有美如調色盤的多彩涼菜！

好不容易將桌上所有料理吞食一輪，我內心不免懷疑著，明明不到五個人，怎麼點了一桌好像在辦桌？朋友繼續招呼著我，說著：「這個沙鍋菜，還可以無限加湯喔！我等等加點一份外帶，你可以帶回台北，加白菜或豆皮，餓的話還可以加冬粉配白飯！」

對嘉義仍不熟悉的我，被滿滿的熱情關懷與澎湃豐盛的庶民料理，溫暖款待著。

隨著探索舊城區的機會頻繁，遊走街廊的時光日漸增多，也因著申請租用了西市場約莫十平方米的空間作為據點，我成為曾經「好額人市」（hó-giảh-lâng-tshī）的新成員，陸續展開了文化策展與承接舊城區輔導營造計畫。身處其中的我，學習與街坊鄰里當朋友，而那對我來說，鋪上厚重神祕的面紗、不得其門而路的「二通」中正路，其實深藏著許多精彩的故事。自西區嘉義火車站起，連綿延伸至東區新生路，連結貫穿西市場、中央第一商場、文化路、東市場等商圈街廊，猶如歷盡風霜的年邁長者，維持不張揚也不主動的姿態，持續悠悠地存在於日常街景。

以火車站為起點，沿著中正路往東而行，前段大多為來往旅客住宿、具功能性的五金電器材料行等店家。行經西榮街交叉口，我的目光總被華麗裝飾的三角窗轉角所吸引，雙層樓建築標示著「嘉義藥局」四字，細緻繁複的洗石子山牆裝飾、圓拱型窗框，散發著懷舊古典的氣質。在老街上行走漫遊間，不時可瞥見許多傳統老店舖的身影：從珠寶銀樓、塑料皮件、嫁妝服飾、西裝裁縫、到山產雜貨行。有的持續經營、有的僅針對熟客來往銷售，更多的是徒留招牌匾額佇立於街角。

每次走入「益昌山產行」，我都像是進入高山物產的活體資料庫。雙開兩側店面，一側高聳堆滿大型的塑膠袋裝，依著季節時令更換各式的物產；一側將挑選後的山產，深黑色的乾燥木耳、明亮橘紅的金針、散發濃厚氣味的筍乾、凝結氣味的龍眼荔枝乾、完整保存膠質纖維的愛玉籽等，置放於重新打造的木架基座。好奇如我，時常尋問老闆娘曾彩戀，如何轉化山產為餐桌上的料理，搭配著她的現場圖說介紹，猶如在市區平地，進行一場高山的氣味之旅。

接著，穿越民生北路至忠義街，經過改造為立體建築的西市場，繼續往東而行，先是看見傳承五代的「嘉義針車行」，保留原有的建築結構、媒合設計團隊進行活化改造，特選超過十台經典的針車機、車邊機、特種機，整合店家故事為文化館。入口由右而左的商號匾額與四字電話號碼，述說著曾經的繁華風華；再往前行，則見戰後嘉義市最大的百貨公司，現已轉身為青年背包客旅館。

位於兩者其中的長形老街屋，前身曾為電料行、也曾為庶民麵食店面，現由一群嘉義出身的影像工作者進駐的 BLAXK 布蕾可絲，從事婚紗、商業攝影等多樣複合性影像創作，以

大膽前衛的姿態，在古典立面加上深黑的鋼構線條，內部漆上大片的藍色壁面、添入古物設備收藏，形成令人驚豔的當代風景。更在邁入十週年之際，為二通街坊鄰居三對夫妻檔拍下「再一次的婚紗照」，以影像為二通老街說故事。

再往前行過了文化路，原有的寧靜街道、瞬間轉為川流不息的熱鬧繁華。我常和朋友笑說：「如果肚子餓，走在這個路段會很危險！」從早晨到深夜，層層交疊的不同氣味（khì-bī），怎是一個胃能應付的了！

緊鄰左右兩側的五穀雜糧行，師出同家族、發展出不同樣貌，每日營業超過十二小時，早上多為家庭或批發客，下午則換到訪旅客現身。左側的「永昌行」，昭和五年開始、以長久累積的農產批發為基礎，透過空間重整與細緻插畫設計，娓娓述說著傳承數代的家族故事。右側的「金和泰」，則以獨創產品聞名，冬季每週生產兩次的蹦米香，竟融入管狀義大利麵增添口感；因應年節送禮自製牛軋糖，更有楓糖、蔓越莓、柚香、抹茶等多種口味；如今更規劃香料主題的試聞體驗，引領民眾在互動過程中，對存在於日常的氣味，有更深層且直接的認識。

到了中午，街道上開始飄散各種誘人氣味，來往的旅客們也陸續大展身手，各店家不同的拿手絕活手藝，串聯起從鹹到甜、從主食到甜點咖啡、從現場品味到伴手禮，直到深夜都不間斷的滿漢全席。「阿榮師啤酒鴨」創新改造傳統辦桌菜，為一人就可享的精緻體驗，保留純粹啤酒麥香但無酒氣，肉質細嫩飽含油脂，是一年四季都可品味的溫補不燥熱；鄰近的興中戲院雖已不在、市場也徒留街廓樣貌，如今有著日式家庭料理「花樂食堂」、老屋泰式咖哩「穀谷」，以及「興台式海鮮酒食」，猶如老商場裡的美食聯合國群聚；最後再帶一份特選阿里山莊園的「里響咖啡」方便即食的「方塊土司」，或是來份嘉義特有的豆漿豆花，若不把味蕾填滿就離開，那就太可惜了！

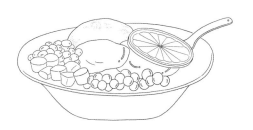

探索嘉義的方式很多種，我尤其喜歡穿梭街角巷弄中，探索著典藏於日常的生活記憶。曾經的「本島人街－二通」、現在的中正路，以最接地氣的方式，引領人們走入最當代的時尚風華。

晃遊成仁街尋找美

在我初來到嘉義那段南來北往出差的日子裡，首次造訪成仁街，是從朋友口中那句「一定要造訪的甜點店」開始的。

從火車站沿著中山路，繞過中央噴水池往嘉義公園而行，轉入成仁街，即見轉角處一棟交錯層疊的深黑色老木屋。推開漆上淺湖水綠色的木門，完整保留檜木建築結構的空間，紅磚壁上懸掛著「永成印刷廠」招牌，點份溫醇厚實不甜膩的蘋果派，倚靠溫潤木質桌椅坐下，便開啟了我第一次在嘉義的「老屋下午茶」經驗。

心滿意足地離開甜點店，好奇的我穿越中山路、順著成仁街往公明路方向行走，地面從柏油路過渡為紅磚鋪面。先是看見二樓有著雨淋板的「文園裱畫廊」，走近一看，發覺入口放置的老照片，竟是雕塑家蒲添生與陳澄波女兒陳紫薇結婚時，在同樣的檜木建築物前的家族合照（當時為「文錦裱具店」）！

再往前行，則見一樓堆滿西式裱框的「美街藝廊」，年輕活力的店內人員們，合作無間地忙進忙出；至公明路轉向吳鳳北路，更見「朝海裱畫店」經驗老到的年邁師傅，緩緩徐徐地以毛棕刷沾裹糨糊，現場進行中式裱褙。如此處處充滿藝術創作能量的街景，讓我不禁想起，大學研究所主修美術水墨畫時，和平東路古亭站附近的書畫裝裱產業群聚，以及曾經研讀台灣美術史中，那些出身嘉義的藝術家故事，和他們創作中描繪的嘉義風景。

移居嘉義後，隨著恣意漫步遊走，探索街廓故事的日子更多了，也才知道，這光復後取自吳鳳「成仁取義」的街道，清領時期曾為諸羅城米糧集散地的「米街」，大抵範圍為現今中山路至公明路之間區段；因經濟來往頻繁，進而引發人文交流，至日治時期，匯聚裱褙行、雕刻店、畫廊等藝術創作相關產業，是昔日文人雅士與繪畫創作風雅交流的美街。

如今的成仁街，已延伸擴張至林森西路與垂楊路為界，雖不見過往引領風尚的三間戲院原貌，仍可透過周遭現存、以戲院名為商號的飲食店家，遙想過往人潮來往的蓬勃場景。而日益增多充滿態度的創意品牌進駐，透過咖啡餐飲與生活美

學堅持，和這條充滿人文風情的老街，形成跨時代的互動對話，每隔一段時間造訪、都有不同的美麗新風景，總讓我漫遊其中、著迷不已。

晃遊成仁街的路徑很多種，相較於一開始的目標性造訪，如今的我，倒是時常恣意遊走其中。伴隨著徐徐微風的夏日傍晚、徜徉於和煦暖陽的冬日午後，穿梭於熟悉的街角巷弄中，帶著機身輕巧、一手可掌握的小型數位相機，或以手機快速捕捉眼前的風景；然而更多時候，我則是什麼也不特別紀錄，猶如串門子般，走入店內找個熟悉的位置坐下、和店家好友們聊聊近況，感受隱藏於生活日常的脈動。

以林森西路為起點，順著成仁街往民權路而行，到達交叉口前，目光很難錯過可愛童趣的「注意鵝童」招牌，這看似文創設計選品的店家，實則大林三代養鵝人家的概念廚房。推開木框玻璃門，和「湯城鵝行」創辦人之一的阿霞（陳佩霞）打了招呼，手藝極好、也總是美麗現身的她，特別選用含油量較低的中型鵝，調和為鮮甜多汁的鹹水鵝、和口感扎實飽含香氣的煙燻鵝兩種口味。細緻切片的鵝肉，平整鋪排於十穀藜麥飯，搭配 Q 綿鵝鐵蛋與新鮮時蔬，以質感木質

托盤為底盛裝，有別於傳統的大份量切盤，是連我一個女生、也可優雅品味鵝肉的健康清新。

再往前行至中山路，交叉口的三角玻璃櫥窗乾淨整齊，上方懸掛著花型老吊燈，銘黃光線將整個空間照的溫暖，同樣以鉤子吊掛的滷鴨交錯其中，下方的鐵盤分別陳列散發出金黃焦糖色的各式滷味，手寫字招牌清楚得標示部位與價格，猶如時空凝結的復古懷舊氛圍。傳統老店家族經營，並沒有過度的熱情招呼，來往的顧客們從開放式展架上，夾起喜歡的部位、置入塑膠小盆中，再交由櫃檯報價並快速分切，看似寧靜的空間裡，卻是手腳不夠俐落、就買不到的限定美味。

不擅長啃骨頭的我，偶爾買些土番鴨翅和雞腳嘗鮮，大多以樸實常見的豆皮、鴨腱（胗）、海帶等為主。雖然至今我仍未深究所謂「福州滷味」，與其他滷製口味的差別，也尚未釐清店家存在於嘉義的年代歷史，然而這不是泡在滷汁裡、溫潤淡雅的恰到好處，是我很常外帶回家的加菜滷盤，也是另一半的宵夜下酒良伴。

接著，從中山路轉角，緩緩向前步行不到一分鐘，民樂街交

會處的老宅建築，以木更（Mugeneration）為名，一側為淺灰色清水模、一側保留原有的建築曲面與鵝黃色磁磚，不張揚也不違和地與原有的人文氣質街景相互呼應。

猶記得我初移居嘉義時，那時嘉美館未成立、也尚未辦理台灣設計展，因著工作和創辦人夫妻檔相識。聰穎慧黠美麗的 Rainie、與充滿設計想法的先生 Orisun，出身於嘉義的他們，說著未來想透過飲食，把喜歡的設計、策展、音樂、老件收藏、經典家具等，都串聯在一起。

而如今，曾是「台展三少年」之一林玉山的成仁街故居，轉身為結合日文「無限」（むげん，MUGEN）、與 Generation（世代）的美好空間，融合設計美學與咖啡香，更有不定期的主題策劃展演。而曾是日式料亭、印刷廠，也是我的嘉義第一間成仁街老屋甜點的記憶。重現原有的溫潤氣質木質色調，以如同市中心隱士般的姿態，修復整建為霜淇淋甜點店「HERMIT & Co.」；曾經體驗參與活字印刷工作坊，以隱身於嘉義新榮路的「豐益印刷廠」，現仍保存數十萬鉛字為基底，簡化為檢字、排版、製版、印刷流程，更與原有建築過往歷史，形成有趣的跨時空對話。

離開彷若設計藝廊的清水模咖啡館，往光彩街方向而行，沿途街景從書畫裝裱藝廊、過渡為鳥禽聚集地，至光華路的三條街道交會處，來往的交通總是熱鬧，一側轉角為火雞肉飯、一側為從市集攤商起家的德州燒烤，而斜對側淺藍色搭配白色的木造眼科診所，則是靜靜地存在於街角。

我常和朋友開玩笑說：「在嘉義，轉角不一定會遇到愛，但會遇到美麗的老屋建築。」而在成仁街亦是如此。往民族路方向前進，蘭井街交叉口的雙層老木屋，移除披掛遮蔽物與日常痕跡，重現建築原貌並漆上沉穩的黑色，沿用原有西服社的空間與商號名，是行經成仁街時無法錯過的轉角風景。

掀開繡有「新華美西裝社」的黑色布簾，就是探索記憶的開始。外觀看來寬敞的建築體，內部其實是較狹長型的布局，一樓入口左側即見過往西服社的布料陳列層架，中間加裝了開放式吧檯；順著狹窄的木造樓梯攀上二樓，歷經整修露出原有的木架構屋頂，漆上恰到好處不過量的質感霧黑。搭配老西服店原有的物件，如：製作西服價格表、裁縫機等，如同伍迪艾倫電影《午夜巴黎》般的迷幻，引領來往訪客回到屬於自己想像中的美好年代。

而在過往那個沒有 photoshop 的年代，老西服店以印有西裝圖樣的透明版對照布料，提供顧客想像搭配效果。我尤其喜歡，拿著店家別具巧思設計的縮小透明版面遊走於街道，對照現今嘉義街景或圖樣，以自主的方式和這座城市對話。

步入雙層老木屋，點份昭和風咖哩，以雞肉或牛肉為主食、佐上深褐色微辣醬料，點綴溏心蛋、洋蔥丁與紅薑片；肚子還有空間，不妨再來份糯米糰子或鬆餅。若品牌創辦人 Jimmy 在場的話，也別忘了和他聊聊，曾主修醫事檢驗專門，如何當代時尚地回應老屋空間與飲食經營。（號稱「嘉義梁朝偉」的他，也是成仁街上不可錯過的風景之一。）

若聊起成仁街，因著時代變遷、隨之產生的不同面貌，對於每個嘉義人有著不同的生活記憶與意義。而之於我這個異鄉人，從一開始的好奇踩點，隨著遊走的日子增多，似乎不再為了沒有拍到喜歡的畫面、沒有品嘗到必點的餐點而扼腕。畢竟，成仁街上的美依舊悠悠地、緩緩地存在著，找個空閒的時光恣意晃遊，似乎輕鬆自在許多了呢。

暫時拋開美術史研究、短暫放下網美濾鏡，不再為了沒有拍到喜歡的畫面、沒有品嘗到必點的餐點而扼腕。回歸最原始的身體感受，恣意漫遊成仁街，你將發現更多，一直存在於街角巷弄中的美。

到新榮路，走一段城市縮影

說來汗顏，不會騎車的我，無法享受在嘉義巷弄中暢行無阻的快感，大抵以開車到定點、搭配步行為移動方式。距離火車站行走約莫十分鐘的新榮路，是初抵嘉義在舊酒廠工作的我，時常探訪的生活街廓、採買覓食的方便去處。而現在不復存在的新榮戲院，也曾有我短暫的二輪片回憶。

而我對新榮路的第一印象，大概就是「從早到晚都熱鬧」吧？

與仁愛路及民生北路平行，從林森西路出發，沿途貫穿中山路、民族路、垂楊路至興業西路等主要幹道，有著供給一日活力的庶民早點、補足能量的各式餐飲便當，更提供著旅客短暫的駐留居所，陪伴著在地居民的生活日常，也供給著來往訪客的便利所需。

我曾聽在地耆老分享述說著：新榮路最北段為「榮町」，是戰前嘉義市區最繁榮的地區之一；

而最南端則為「白川町」，是戰前日本陸軍官舍區所在地，戰後順勢轉為國軍眷村使用。隨著居住在嘉義的日子漸久，我才慢慢發覺，日常且庶民的新榮路，不僅是整日人流車潮不斷的重要道路，更參雜著層層疊疊的不同片段記憶，也見證了嘉義城市發展的縮影。

比如，從火車站而出、順著中正路向前，至新榮路往左右兩側而行，原有單向道的寧靜悠閒、延伸為雙向道的車水馬龍，沿途街景隱約可見老建築的樣貌，及生活用品、美容美髮、電器五金、蜜餞瓜子等老派庶民店家，而更多的是，新式招牌下的快餐飲食店鋪。

猶記得多年前某天結束工作，我從舊酒廠緩緩步行而出，肚子冷不防餓得發出咕嚕聲，當下心底快速下了決定，不妨就趁著天還未全暗的夏日傍晚，走逛周遭街廓、也同時展開覓食探險吧。

遠遠看見中正路與新榮路交叉口，騎樓下有個散發著明亮燈光、人潮滿滿的小攤。有的拉著板凳倚桌而坐，有的騎著機車快

速點餐外帶。好奇的我，一步併兩步從昏暗巷道往前奔，隨著在地民眾排起隊來，便開啟了我的第一次新榮路街頭小吃體驗。

看著小攤以「阿亮Q排」為名，我心中不免猜想著，應該取自老闆的暱稱或名號、再加上招牌的口味吧？但是，什麼是「Q排」呢？

初次造訪、也尚未搞清楚菜單點法的我，在小攤快速俐落的動作下，不到一會兒就被安排入座，我趕緊隨著同桌鄰座的在地人點法：「來一份小排！」

以大碗白米飯為底，鋪排上大塊的豬小排、多樣的新鮮蔬菜、醃漬蘿蔔乾與豆棗；長時間燉煮入味的豬小排，帶著骨頭具有嚼勁，吃來軟嫩易入口卻不爛、層次豐富卻不死鹹膩口。不到百元的樸實平價，猶如搭乘火車時，大口品嘗鐵路便當的懷舊滿足；也好似小時候回到外婆家，那個「怕你吃不飽」的溫暖手藝。

有幸和「阿亮」林桐亮聊過往回憶，我也才知道，隱藏於中

正路與新榮路轉角，精彩卻不為人知的生活記憶。

「我們這個轉角以前可熱鬧了呢！一側賣『飯桌仔』般的溫暖熟食，一側是冰果室，甚至也聘請日本師傅賣料理。那時候全嘉義只有兩個路口轉角，同時賣鹹食和甜食，一個是中央噴水池旁的雞肉飯和七彩冰果室，而只有我們是同一個家族經營的！」

「還沒有高速公路的時候，大多數的人都是搭火車移動，我記得那時候最後一班火車十二點進嘉義，火車站圓環旁都是賣吃的，晚上延伸到二通（中正路）都是人，還沒有計程車的時候，全都是三輪車！我們這邊附近有很多戲院、酒家和旅社，比如：慶昇、華南、中央，還有遠東。我還曾經把餐堆起來扛在肩上，就像現在看日本電視劇裡的樣子，騎腳踏車去送餐！」

搭配著女兒梓秦細心準備的家族老照片，我看見同樣的中正路與新榮路轉角，懸掛著由右至左「木瓜牛乳」四字燈箱招牌，上方更有手繪熱帶水果圖樣，而右上方標示著「米糕五元」，現也已搬移到延平國華街口，持續以「無名為名」，

販售著晚到就買不到的樸實米香。

如今，雖不見曾經鹹食與甜品、台式與日式併存的多樣澎湃選擇，歷經市場區隔與品項縮減，原有的無招牌街角美味，現以第三代林桐亮為名，持續在新榮路轉角處，快速填飽在地民眾與來往旅客的味蕾。

接著，沿著新榮路持續向南，穿越民族路往垂楊路而行，仍是不停歇的熱鬧繁忙。曾為華南戲院的老建築依舊存在，卻已不再引領娛樂風尚，原本鄰近的碗粿攤已搬遷位置、於同樣新榮路上的三角窗轉角，取戲院名為號，持續提供著傳承三代的米香溫潤。隱身於大同國小旁的壽司屋，維持原有的老攤日式屋台感，與知名設計團隊合作，重整店面空間與品牌規劃，深藍色露天壽司吧檯、懷舊的黃銅燈光、彩色雕花玻璃，將傳承二代的平實日料，轉化為時髦又復古的 2.0 版體驗。

介於康樂街與垂楊路之間，曾有經營近四十年、嘉義最後一間二輪戲院，現在仍有些許小型的機械電器行。而其中，

更有一家店門約莫一公尺寬、甚至需要側身而過的豐益印刷廠，過往供給著周遭區域、活版印刷鉛字的最大宗來源，依然低調存在於新榮路上，見證曾經的產業榮景老時光。

我跟著老闆羅伸茂的腳步，躡手躡腳怯生生地，走入狹長蜿蜒、約莫雙手張臂寬度的陰暗長廊。他掀開已經扭曲、佈滿摺痕的大片紙張，充滿歲月痕跡的木架上，依照楷書、宋體及黑體三種字型、順著由大到小，整齊排列數十萬鉛字如牆。看見平日以筆書寫或電腦打印的字體，化為一顆顆的立體鉛字存在於真實空間中，我第一次深切感受到文字的厚實重量。

轉過身後，另一側木架上則細緻堆疊不同釐米厚度的極薄鉛片，用來區隔鉛字排列時的間距，讓字裡行間有了透氣呼吸的空間。再往前繞行，突見近十台鑄字機映入眼簾，數量之多保存完整猶如文物館，我也不禁想起過往從鑄字、檢字、排版、製版，至印刷的熱烈情景。

「以前鉛字生意好，每個機台由不同員工分門別類專責處理，製造著不同號數、不同字體的鉛字。父親在民國三十年

代創立『羅印務館』、設址於附近的民生北路上，後來才搬到現在這個位置。那時他認為做印刷可賺錢，誰知後來被電腦數位印刷發展取代。」羅老闆說著過往工廠運作盛況。

隨著時代推移與產業變遷，原有的鉛字印刷項目已停止運作。然而，機台上熔化到一半、卻因停機而凝固的鉛字塊體，似乎也凝結了那段隱藏於新榮街的歷史印記。

曾經的旅社、酒家、戲院林立街景，現已轉換為多種美食群聚，及日常庶民可負擔的生活所需。從林森西路至興業西路，約莫 1.5 公里的新榮路，不到半小時即可從北到南走一趟。同樣不變的是，來往不斷的人群產業流轉，與層疊交錯的生活印記，悠悠地陪伴著嘉義，渡過不同時代的繁盛榮華，以及那共有的時代記憶。

貫穿諸多重要幹道的新榮路，是從早到晚都熱鬧的街頭風景。曾經的旅社、酒家、戲院林立，現在則聚集了庶民日常生活所需，走一趟新榮路，也走一趟時代記憶縮影。

漫遊公明路醫生街，尋一份心靈處方箋

移居嘉義前，我翻閱查詢了許多文史研究與報導資料，試圖從中提早認識這個我不熟悉、卻即將展開新生活的城市。

我發覺在這座幅員不算大、居住人口不算多的區域，有著密度極高的醫療資源，尤其有一條連結中央噴水池與東門圓環、貫穿兩個重要交通節點的公明路，至今仍聚集著許多老醫院建築與新式診所，更有所謂「醫生街」的別稱。

一開始，我跟著文獻資料探索，隨著來往晃遊的次數增多，倒是逐漸放下研究的心態，以更放鬆自在的姿態，遊走於這條橫貫嘉義市中心的東西大道，展開屬於自己的漫遊路徑。

以中央噴水池為起點，向公明路與光華路交叉口望去，安全島上修剪如香菇的巨型榕樹，寬約直徑五公尺、高度約四公尺超過一層樓，是圓環旁的可愛地標。沿著公明路向東而行，每到下午總是飄送著溫潤甜香。標榜「只做純的」

的「純情專賣所」，在烤盤上倒入純牛奶調和麵皮，包裹著或甜或鹹的爆漿內餡，除了常備品項，更不時有跨界聯名或季節限定創意口味，從嘉義老字號「真味珍肉酥」、「林聰明沙鍋魚頭」，甚或雞肉飯等，以傳統雞蛋糕作為載體，和大家當好朋友。

再往東而行，遠遠地即看見興中街交叉口轉角，一幢淡土黃色的雙層建築，在陽光照射下顯得溫潤迷人，走近一看原來是棟持續職業中、以創辦人姓氏為名的「侯耳鼻喉科」。巧妙融合和式洋風特色，下方以水泥搭建騎樓，呈現簡潔平整的線條，帶有圓形裝飾與三角波浪線條的鐵花窗，細緻優雅不繁複；二樓則為整齊排列的木造雨淋板，上方為深黑色系屋瓦。特別於興中路段側開了個小門，人字型突出牆面的小屋頂、搭配兩側的小柱子，猶如日式建築車寄的縮小版，雖無法停靠車子，然而這極具裝飾意味的設計真是迷人極了。

至成仁街交叉口前，左側有家以「新」為名、標榜著「高速餐」的專門店，是朋友口中所說「出餐快速，好比高速公路」的老式簡餐店。我躡手躡腳地推開沉重的深棕木門，盡是一整片的老派浪漫：華麗的大理石櫃檯、繁複的玻璃吊

燈、壁上透著繁複花樣的燈箱、朱紅色的皮革座椅，猶如凝結時空般的電影場景感，讓人瞬間墜入當年的摩登風華。和年紀稍長的服務員點了餐，還未坐定位、餐點已上桌，滷到透爛的豬腳、軟嫩不乾柴的滷鳳腿、細緻鮮美的酥炸鮀魚、綿密鹹香的芋頭炊飯，將台式料理化為排餐形式。曾經的時尚新穎，現在已成為懷舊復古。

接著，穿越吳鳳北路，向南連結至城隍廟與東市場，在這嘉義重要的信仰與食材中心，一次補足療癒心靈與味蕾之所需。沿途風景從街邊商號店鋪，陸續參雜流動攤商身影，亦有些老字號漢方中醫館，持續溫柔地照顧人們的五臟六腑。

行經「日生堂國醫院」，兩側如同博物館展示般的落地玻璃櫃，內部完整保留大片的中藥櫃，上方懸掛數面「懸壺濟世」的大片匾額。入口地面的磨石子裝飾圖騰，以銅線盤繞塑型填入色彩，中央為淡粉紅壽桃、兩側為相互應對的雙鶴，襯著粉橘色為底、討喜紅色為外框，整體搭配傳達著延年益壽之意，與老國醫館相互呼應。

遊走於不算寬的雙向通行道路上，多種庶民美食持續飄香，

而其中，朋友帶我在公明路嘗試的第一個街頭小吃，就是以「劉里長」為名的雞肉飯。相較於濕潤飽含水分的吃法，米飯煮得 Q 彈不黏粒粒分明，火雞肉則以手工刀切，大小不一的不規則手感，吃來特別具有嚼勁。澆淋上特調醬汁，搭配醃漬黃瓜片與些許鹹菜解膩，若有胃口，也可嘗試爽快飽足的大片雞肉，快速填飽飢餓的脾胃。

在到達東門圓環前，隱約可以看見數棟保留完整的大型量體建築，幽靜隱身於街角，述說著曾經的歷史風華。左側偌大寬敞的老醫館建築，前身曾為向生醫院、爾後易手為振華醫院，側面可見木造的雨淋板，正面則為水泥石造形式；頂部切去斜屋頂尖角，以深灰色為底的山牆，飾以推移開展的上下疊窗、菱形、圓形等多種樣式白色窗櫺，在穩重平衡的對稱建築中，顯得輕巧有趣。

往斜對角望去，同樣的三開間大面寬建築，前身為黃礎醫師的故居「慈愛診所婦產科」。一樓以四支洗石貼磚雕花柱體為基底，保留完整的騎樓透氣空間，入口大門兩側的裝飾方形壁面，框入大塊面山水畫花磚，襯以淺灰洗石子、混入微帶光澤的貝殼；二樓立面則以木造為主體，雨淋板漆上淺湖

水綠色，穿插淺鵝黃色方形窗框與細緻花樣欄杆，整體看來典雅又氣派。目前已租用作為咖啡簡餐店，若想身歷其境老醫館的魅力，或許踏入其中更能細細品味。

往前行至共和路轉角，重新修復的東門派出所，完整保留日治時期警察機關的風貌，是市場裡少見的歷史建築；再往前至文昌街交叉口，轉角老建築一樓為帽子批發刺繡行，移除了原本不該存在於二樓立面的附著物，如同為老屋卸妝般，重新露出樸實美麗的素顏木結構，配合夜間燈光的照明，讓人重新看見交趾陶大師林添木的故居之美。

從中央噴水池圓環至東門圓環，不到一公里、步行約莫十分鐘的距離，有著豐富多樣的庶民美食、保存完整的老建築故事、持續經營的醫館診所，在公明路段中遙遙相對著，遊走於其中，不僅填飽味蕾、更被過往歷史的印記深深地感動著，從身到心都被完整滿足了。

過了東門圓環到啟明路段，猶如出了曾經的東城門般，不偌「城內」熱鬧繁華，在一片安靜充滿生活感的街角巷弄中，有著諸多隱藏版的精彩，新鮮乾淨的鮮魚料理、低調美味的

雞肉飯，都是住在山腰邊界的我，「進城」途中時常品味的樸實好手藝。街頭上的文史故事，不僅止於文獻報導資料，更懷繞包圍著生活日常。遊走公明路，尋一段醫生街的記憶，也尋一份滿足心靈的處方箋。

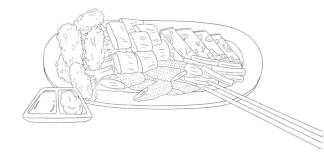

橫貫市中心的公明路，連結了中央噴水池與東門圓環，遊走其中仍可見諸多老醫院建築與新式診所，及諸多隱藏街角巷弄中的精彩。漫遊醫生街，也尋一份滿足心靈的處方箋。

島　　內
移住嘉義美味新人生
移　　民
輯　　四

新　人　生
的　理　想
生活實踐

在城市，來場美學生活實驗｜田園裡，與地方共存的
溫柔風景｜回到家，和你說著山上的故事｜在漁村，帶
你品味嘉義的鮮｜從網路到馬路，帶你走入產地的好

在城市，來場美學生活實驗

老友們知道我還在嘉義，除了有些驚訝我竟然待下來了，也時常好奇，對於嘉義的印象是什麼。關於這個大哉問，其實很難一言以蔽之回答。若比較通俗些，大約就是畫都和木都。再更仔細的說，嘉義之於我，有股老派貴族的風尚高雅、充滿文人性格的理想感性，與隱藏反動能量的實驗精神。

在嘉義，有著比例極高的獨立書店，諸多具有態度的自創品牌，及許多依著能力所及範圍、努力平衡理想與現實的人們。可能不似連鎖店家般的大規模、可能需要一些時間醞釀擾動能量，嘗試著打造回應生活脈動的美學實驗場，形塑這座城市，有著獨具特色的性格樣貌。

猶記得初次與「國王蝴蝶」相遇，是隱身於遠東百貨後方、連結菜市場的建成路小巷弄內，那個入口沒有招牌，僅見小黑板書寫著「巷弄裡的手沖咖啡」的祕密基地。

掀開反核旗幟推門入內，原以為低調的空間，裡面早已充滿咖啡香、以及針對各種議題的思辨對談。站在堆滿書本的咖啡吧檯內，是品牌創辦靈魂人物小吳（吳連銘，雖然現在我都稱他為老吳），優游自在地現場手沖，不時聊著最近看了哪場電影、推薦看哪本書。當時美術館尚未成立、美學設計氛圍尚未成氣候，引領了咖啡風尚，也引動了許多關於城市的議題討論。

搬抵嘉義後，我順勢展開了舊酒廠經營工作，同時進行著展覽、市集、招商多種業務洽談，卻看見了「國王蝴蝶」歇業的消息。在一片譁然之餘，我內心也不免想像著：如果舊酒廠能有老吳的咖啡，那該有多好！

因著緣分的牽引，帶著老吳勘查舊酒廠不同的空間場域，從唯一的雙層紅磚屋、作為酒類配比調製的中央試驗場，到製酒流程不同階段的各式舊有廠房，我心底思索著：位於舊酒廠正中心位置，融合木地板、金屬鋼架、RC 牆等不同元素，還有超大片窗戶與挑高視野，隱藏在材料五金倉庫的二樓空間，應該很適合他。

推開倉庫一樓玻璃門，搭著電梯前往隱密的二樓廠房，看見老吳的表情，我猜他是喜歡的，也有「國王蝴蝶」2.0 版的想像畫面了。

維持原有典雅質感紅色為主調（我稱這特調色為「國王蝴蝶紅」），漆上四周牆面、並掛上窗前布幔，打造猶如劇場般、亦如同當代藝廊般的迷人場景，顯得復古又摩登、溫潤又優雅。我尤其喜歡午後坐在大片玻璃窗前，在舊廠房二樓遙望來往火車；而如今，曾經火車站旁，佈滿酒香和木頭香氛圍已不在，而是老吳現場手沖咖啡香、及 2.0 版新增不斷運轉中的烘豆香。

以咖啡為載體，將滿腔的美學哲理觀點，透過水溫控制與手沖速度，呈現極具詩意的琥珀色，流動於口中、蔓延至全身。調和兒時記憶的手工米麩、麵茶與黑糖，一口飲下「早東市拿鐵」的溫潤甘醇，讓人猶如在南方暖陽下，漫遊於東市場中的傳統風味氣息；有別與仿間多以檸檬調和西西里咖啡，「梵谷的夏日」則在冷萃咖啡基底調入柳橙風味，好似梵谷畫作中、如太陽燃燒般綻放的向日葵。

注入甘潤香醇的薑黃龍眼蜜與桂花，使酸質明亮的咖啡具有亞洲哲學意味，成為以「泰戈爾」為名的特調拿鐵；甚至將嘉義特殊氣味的白醋與精品咖啡濃縮均質處理，佐以凝結小黃瓜汁的晶瑩球凍，最後混合奶泡與白芝麻油霧，猶如分子料理般的白醋涼麵既視感，是期間限定的在地風味特調。

刻意保留紅色大牆面，是讓觀者可以想像、亦可能產生跨界互動的空間；架上擺設特選書籍，並不只是裝飾背景，而是老吳實際看過、也期待分享的美好；不定期辦理跨界展演講座，引領大眾透過不同的觀點視野，對所居住的城市進行提案。每次到「國王蝴蝶」，都好似進入哲學思辨殿堂，重新觀察已熟悉的嘉義生活。

從市區出發，驅車約半小時、搭乘區間車僅十分鐘即到達民雄。在這個舊稱「打貓」、嘉義縣境內人口最多的鄉鎮，經由在地有志人士的推動下，透過諸多文化事件與公共事務，層層交疊出充滿張力、源自生活與土地的「野」。

從民雄火車後站而出沿著鐵道旁小徑而行，一幢拼貼著多彩舊窗框、帶有童趣藝術作品的老碾米廠，在周遭灰黑平房倉

庫群中，顯得繽紛且迷人。推開木門，完整保留原有空間挑高架構，有著如同回到阿嬤家的懷舊家具，長年收集的庶民生活老物，並飾以當代藝術創作燈具，打造融合創新台味的迷人情調。忘了從哪時候開始，從市區到民雄「渡對」，成為我的療癒儀式：爸媽來嘉義看女兒時、和另一半充滿紀念的特殊日子時、許久不見的老友來嘉義旅遊時、甚或忙完專案想放鬆時，是那種雖然無法天天見面、一見面就是很溫暖的安心感。

煸的油香松阪豬肉片，巧妙融合苦茶油飯的古早鹹香；結合海味烏魚子與清爽蘋果丁，一口吃下烏魚子炒飯，多種層次在口中一次併發；而不定期出現的隱藏版。比如：拌炒提味醃黃瓜、蛋香，飾以淡淡鹹味松子與香椿的炒飯，或融合酥炸臭豆腐與溏心蛋、拌入微麻辣醬汁的清爽蔬菜與豬肉片，以「台味 fusion 之姿」，帶來滿桌的驚喜。

很難一言以蔽之，形容這個鐵道旁的美好。長期推動美術教育的李英哲與許雪瑾夫妻，數十年前即開創，以創造啟發式教學為名的「北興托兒所」；如出一轍地注重美感與生活態度，加入兒子李雨仰的建築專業、與女兒李贏之的策劃，全

家人共同守護著這鐵道旁的老平房，將日常料理化為餐桌上的精采，將當季新鮮轉為限量甜品，型塑對於生活美好的想像，為大眾可親近體驗的形式。

近年鐵道旁的美學生活實驗場，更延伸至一旁的舊有貨運集散轉運空間。維持原有空間尺度，以無設限的自由型態，讓創作者們盡情發揮，突破各種想像，形成不停滯的交流激盪。於是你可能在蔡志賢（小雨）的鐵雕作品中，看見柔軟衣料服裝與堅硬線條相互對話；或在火車疾馳而過的轟隆聲響中，聽見靈動自在的音樂演出、或跟著編舞家擺動身體。

我總和朋友說，造訪「渡對」前先不要有任何預設想法，至於會「遇到」（tú-tioh）什麼驚喜，到現場就知道了！

對我來說，嘉義人有一股「氣」（khuì），不那麼浮誇張揚，卻總是隱隱嘗試著、各種試圖突破現況的理想實驗。具有態度的主人家，透過咖啡飲食、空間打造、跨界合作等諸多模式，引發更多對於城市未來的想像。

田園裡，與地方共存的溫柔風景

移居嘉義後，我才真切體認，所謂大片平原的幅員遼闊。穿梭於一望無際的田園風光間，我遇見許多在地方生活的人們，源自於不同的起心動念，無論是返回家鄉或選擇理想的生活方式。他們結合在地的生活樣態，打造為獨特風格的經營模式，引領著來往觀者，細細品味與日常共存的嘉義風景。

初次與「小硬厝」（Sió tīng tshù）相遇，其實不是社群媒體上所謂的「民雄隱藏版田園咖啡」，而是在台灣當代藝術家黃進河的作品裡。重組拼貼傳統宗教元素與現實日常生活的圖像符碼，如同視覺嘉年華的濃烈色彩猛爆張力，深植在我的腦海。

近期再次見到「小硬厝」，則是在離嘉義市區不遠，隱身於民雄雙福庄的美好空間。跟著 Google 導航轉入蜿蜒田間鄉野小道，心中不免懷疑著，是否已迷失找不到方向？突然瞥見隱藏於鄉間古厝後方，寧靜三合院民居中有一棟

優雅氣質的白色建築，如同歐洲鄉村風景畫的立體呈現，被周遭的田園風光溫暖包圍著。順著指引將車停妥，走近看見入口處的小招牌，我才確認到達目的地了。

我好奇推開門，映入眼簾的是，貼著白色大片磁磚的壁面和料理洗手檯、地面是熟悉的磨石子地板，以大片木頭做為吧檯，上方置放著自烘咖啡豆與咖啡器具，猶如回到阿嬤家般台式廚房的親切，與外觀白色歐風牆面和灰藍色圓拱窗框，形成有趣的對比。

不算大的長方空間，一側牆面懸掛著台灣當代畫作、一側連結著手扶木欄杆樓梯前往起居空間，其他兩側開了數面、頂部有著圓拱裝飾的外推雙門窗，巧妙引入自然光線，讓人感受溫暖且明亮。我尤其喜歡自在倚坐在窗前的木桌，品味著自烘愛樂壓咖啡，搭配著主人家以自然發酵為基底的重乳酪、或是溫暖脾胃的西班牙烘蛋，面對著一望無際的大片田野、背景襯著清晰的山陵線，心情放鬆且舒暢。

很難一言以蔽之描述我心中的「小硬厝」，在這一週營業四天的場域中，有著咖啡甜點，更曾有台文樂團「裝咖人」

（Tsng-kha-lâng）鼓手的聊天聚會、阿育吠陀的主題講座、深度體驗印度文化的咖哩分享，在民雄田野中，嘗試著各種思想激盪的無限可能。

和主人家 Dennial 對談，我才知道曾於澳洲求學生活的他，於疫情期間返回家鄉，以父親黃進河打造的家屋為基地，嘗試將喜歡的、想做的事都串聯在一起。面對周遭區域未來的無人機航太產業發展，勢必會有著產業轉移、人群移住、建物搭建等變化，原有恬靜的田園風光可能消失不見。Dennial 和我說著：「無論未來如何，小硬厝精神依舊存在著，讓走進空間的人們，都可以溫柔地被接住。」

離開民雄，驅車約莫二十分鐘，即到達緊鄰的新港鄉。至奉天宮參拜媽祖與虎爺，兼具氣勢與細膩的工藝建築瑰寶，一覽遍覽猶如民間博物館的精彩，而廟前總是大排長龍的生炒鴨肉羹，飽富麥芽糖與花生香的古早新港飴，以及歷時兩年修復的林懷民新港老家、林開泰診療所舊宅「培桂堂」，在人文薈萃的新港，每個人總有滿足味蕾也撫慰心靈的路徑。

沿著縣道 164 而行，猶如探險般地，彎入剛好一台車身可進

入的田間小徑，在一大片綠色田野中，隱約看見灰色圍牆中，一棟猶如廠房般的民宅。我好奇跟著導航驅車前進，躡手躡腳地攀上車庫建築二樓，推開木門，竟是滿室的撲鼻咖啡香。

以質感水泥灰與消光黑為基調，飾以溫暖木質調吧檯與座位區，相較於周遭寬廣無際的綠色稻田，是極具個人態度的當代工業風。刻意敞開屋頂窗景透著天光、環繞四周的大片窗景襯著田園風景，即使身在室內，也能隔著玻璃感受著大自然的脈動，共同呼吸著。

好奇為何以「裕森」為名，才知道出生於新港的品牌創辦人，曾在台中西屯區知名百貨旁，創業開設一間屬於自己的咖啡館。歷經數年堅持品質的經營，最後決定搬回家鄉，持續以自己的姓名為品牌，與家人共同生活彼此照應，在田中央讓咖啡飄香。

不是咖啡專門研究的我，聽著裕森述說著各種咖啡專業知識，如數家珍分享不同選豆，從烘焙到手沖，形成了獨具個性的氣味，也難怪看似低調的田園祕境咖啡館，總是吸引著

眾多咖啡愛好者特別前來，到了週末下午也時常一位難求。

倚著高腳椅、靠著木窗台，居高臨下望著滿片田野，啜飲咖啡品嘗手作甜點，是我最喜歡的獨門療癒解方。來杯綿密香醇的卡布奇諾或拿鐵、清新爽快的青森美式、或店主人自家烘豆手沖，也別忘了和主人家聊聊咖啡，都是讓人捨不得離開的恬靜美好。

接著，穿越太保、不到半小時即到達鹿草，純樸的鄉村裡沒有絢爛繽紛、有的盡是質樸日常。沿著 167 縣道而行，距離鄉公所不遠處的安和街上，鴨母寮大排水的長壽橋廣場旁，一棟淺湖水綠雙層建築吸引了我的目光：一樓刻意開了對外取餐的窗台、二樓小露台懸掛著數幅鮮豔的名家畫作布幔，位於樸實的台式民宅群中，顯得特別醒目。

推開入口小門，小巧空間猶如自家客廳的迎賓區，親切且可愛。大量採用木質調的設計家具、飾以多樣的綠色植栽，貓咪自由自在地穿梭其中，在當代又溫潤的空間中，仍可窺見原住所的生活痕跡；而更吸引我的，是穿插其中諸多電影的相關圖像與選書，以及那猶如電影膠捲般的菜單設計。

這鄉村裡名為「幕後」的咖啡，其實源自於主人哲弘的生命歷程。喜歡電影、求學念相關科系，也曾從事電影業的他，在結束高雄生活後返回家鄉，雖然面對的主角，已從「電影」轉成「咖啡」，卻來自同樣一位「幕後人員」的熱忱。

到訪幕後，除了啜飲咖啡飲品，我尤其喜歡每日限量甜品的驚喜。猶記得初訪時我依著手寫黑板，點了威士忌黑糖鐵觀音口味的布丁，融合茶香的扎實蛋香綿密，搭配威士忌酒味焦糖，上桌前倒扣於復古高腳杯中，猶如到老派喫茶店般，是不甜膩的成熟甘苦大人味。

田園裡的生活實踐，似乎伴隨著多種的涵義：地理位置低調隱密、品牌主人充滿生活態度、空間設計獨具美感、餐食茶飲引人入勝，不僅是攝影愛好者趨之若鶩的取景勝地，更是遠離塵囂重新充電的療癒良方。

然而，這樣融合理想與生活的堅持，其實不只是取景窗下的風景，更是在地生命力的溫暖實踐。原來，在農村鄉間也能如此風尚品味，更是與地方交朋友的生活縮影。

從民雄、新港、到鹿草,以及更多我尚未探索的鄉鎮,以不只是「隱藏版祕境」之姿,引領著來往觀者,有機會走入與日常共存的嘉義風景。而我也在這幅員遼闊的大片平原裡,學習與地方做朋友。

回到家，和你說著山上的故事

從嘉義市區驅車約莫一個半小時，窗外風景從水泥木造建築、逐漸轉為綠意蔥蘢的山林樹影，四季輪番上陣的如畫美景、豐沛多元的在地產業，與完整保存的部落文化，對一個從台北移居的異鄉人來說，生活在嘉義，最過癮的莫過於離山很近了！

隨著探訪次數增多、體驗方式日益多元，有幸因為各種美好緣分，得以聽見以山林為居所的生命故事。曾經存在旅遊資訊看板的目的地，已成為我每次造訪、捨不得回到城市的心靈寄託之所。

初次與瑜安相遇，是在中正大學方慧臻老師的牽引下，展開的部落主題產學合作。這位年輕氣質的特富野鄒族女孩，面對當時不熟悉的鏡頭略顯羞澀，娓娓道著希望以創意品牌化經營，優化拓展父親過往的生豆批發模式，結合在地季節物產為禮盒組，透過網路或市集主動出擊，讓更多的人認識部落的風土文化。

她也同時說著，家人們共同分工進行農事種植、採集、到烘焙，晨起先是喝完咖啡，再展開相關作業，到了夜晚則是圍坐成圈，佐咖啡聊近況。「咖啡對我們家族來說，是生活的一部分，也是維繫凝聚彼此的力量。我想在部落開一家咖啡店，讓大家看見也喝到，屬於我們家的味道。」

不只是口頭說說而已，先是重新定位品牌，接著改造原有的一半作業場空間，在疫情期間展開營運的「飛鼠咖啡」，以溫潤木質為設計主調，鋪設淺棕紋理地板、適度置入鐵軌枕木大桌、四周框出優雅氣質的圓弧窗櫺，身坐在其中，你很難不被將近環繞 360 度的原始山林，與撒入滿室溫暖的自然陽光所感動。

推開飛鼠咖啡的木門，先是聽到熟悉的「Aveoveoyu」招呼聲，瑜安爸爸華哥（陳吉華）以一貫的熱情，迎接著我們的到來。

「你今天要水洗？還是日晒？野生愛玉也還有喔！」
「今天甜點有巴斯克乳酪！」
「如果想吃可頌的話，現烤要等一下喔！」

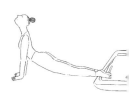

日漸熟悉的經營步調，瑜安和家人共同搭配著，有時是姐姐招呼、有時由妹妹打理櫃檯、有時先生協助烘烤甜點，也不時看見母親的身影穿梭其中。

如今在網路搜尋「飛鼠咖啡」，不免看見「祕境咖啡」或「風格設計」等關鍵字，然而，山上的日子其實不似攝影鏡頭下的悠閒。同時處理農事作業與部落產業相關計畫，為掌握到訪人流與妥善安排時間，目前仍採取純預約制為主，以穩定提供服務品質。

而至於為何以「飛鼠」為名，瑜安靦腆地笑著說，取其鄒語「Peisu」諧音、也就是「錢財」之意。連結著家族生活日常，串聯著部落產業文化，源自於特富野的山林能量，持續以自己的步調匍匐前進著、向外飛行，也引領著進入部落的路徑。

而在山的另一端的瑞里，有著自然迷人景致與清幽恬靜氛圍，更因季節限定的螢火蟲與紫藤花，吸引著來往旅客，尋一份遠離城囂的靜謐，沿著 166 縣道驅車而上，群山環繞滿片綠意淡雅茶香，總讓人清幽自在。

然而，隨著時代推移，曾經搭建作為招待茶商茶客的臨時住所，如今轉身為民宿張開雙臂迎接來往旅客；亦有年輕後輩，有感於產業面臨轉型與人力不足，決定返鄉共同守護世代的家業。

初次知道「茶叁代」，其實是朋友分享的茶禮盒，以「茶過三代‧才知品味」為名，悠悠述說著傳承多代的家族產業故事，而那饒富質感的包裝設計與清新淡雅的甘潤茶香，更是令我印象深刻。好奇之下查詢了資料，我才發覺這個三代茶人家族，就身在離我不遠處的瑞里。實際去探訪、體驗了採茶與製茶，品飲香醇好茶與精緻山產風味菜，然而更讓我覺得動人的是，一家人共同協力、款款相待的溫暖人情味。

「你先換裝，等一下就帶你去生態茶園！」興奮如我，換上大花採茶裝、戴上斗笠、斜背竹編茶藍，跟著許爸和年輕第三代晉嘉走入茶園。

「你一定喝過烏龍和金萱，你知道怎麼分別嗎？你看這個，烏龍葉脈大約是 45 度左右，葉緣比較細緻；金萱比較粗曠，大約是 60 到 90 度之間。」

「我來教你採茶口訣，像這樣手指比愛心，斜放在嫩芽底端輕輕一折就可以喔！」

面對猶如進入茶香大觀園的我，許爸和晉嘉相互搭配著，以輕鬆活潑的方式，引導介紹認識各種茶知識，我甚至親眼看見「蜜香」來源的小綠葉蟬呢！

沿途間，許媽更是如數家珍地和我指認
著穿插園間的各種山產野菜，以及各種
不同的吃法口感：
「你知道佛手瓜是龍鬚菜的媽媽嗎？」
「佛手瓜是果實，龍鬚菜是瓜的嫩梢！」
「這些都是龍葵，也就是烏甜仔菜
（oo-tinn-á-tshài），可以煮稀飯、炒
蛋、煮湯，我們從小就會吃。」
「你看這些開小白花、長得到處都有的就是咸豐草，性質比較涼、最好不要吃過量。」
猶如重修自然生物課般，原來，山林裡的生活日常，對我來說如此新奇。

透過自然互動與知識解說，一小時的茶園體驗，轉眼間就結束讓人好不過癮。回到製茶作業區，搭配著透過現場圖文介紹，晉嘉細心說明，從採茶菁、萎凋、殺菁、製茶、揉稔、乾燥、培火、包裝等十大步驟；許爸接著引導揉茶體驗，將手掌交疊於新鮮摘採茶菁，同頻率順向反覆迴圈揉捻，原本的綠色嫩芽逐漸散發發出溫暖茶香，也從一盤散葉慢慢匯聚為球狀，實際感受茶葉經由手感揉製的變化。

而回到廚房的許媽，快速洗淨整理現摘的山產野菜，清燙現採的龍鬚菜後快速冰鎮，拌上新鮮蔬果為爽口沙拉。以苦茶油煎炒雞肉、蒜炒鮮甜阿里山大莢豌豆，燉煮自栽薑黃為鮮菇雞湯，不過一會兒，就是滿滿的澎湃山林風味新鮮上桌。

同為瑞里人的許爸（許聰嚳）和許媽（林美珍），一搭一唱地述說著曾經的家族故事。

「最早以前我們也是種植傳統山產，到民國六十九年才開始種茶，從栽種、管理、製作到烘焙都是自行完成，忙起來真的是沒日沒夜。」

「以前茶師傅和茶商數量多，有時突然湧進很多人，就要趕緊做出料理，從那時候開始訓練我的煮菜手腳與能力。」

年輕的晉嘉則是在一旁提醒著：
「來我們家別忘了試試苦茶油拌飯！」
「像豬油那樣自己淋上，一定會難忘的。」

「對了，剛才做的茶，我們茶廠會協助處理後續的烘焙作業，好了，就會快遞到你家喔！」

前往山林，我親身體驗了城市無法感受的大自然美好；步入山上人家，我真實看見了維繫家族至部落的能量。透過跨世代的交流溝通，與同樣致力守護家業的心，引領著來往旅客，共感阿里山又美又野的迷人魅力。山，看似遙遠，但存在山上的故事，則是離我們不遠呢！

移居嘉義後，阿里山不再那麼遙不可及；也因為各種美好緣分，得以聽見山林中的生命故事。生活在嘉義，你怎能不愛山呢！？

在漁村，帶你品味嘉義的鮮

從市區出發，沿著國道三號、轉接台 82 線往西而行，下了交流道盡是一片漁鄉風光。不似面向太平洋的東部湛藍、也不似平滑柔軟的沙灘細白，從東石連綿蜿蜒至布袋，在大片炙熱的陽光下，被濃烈的蚵仔味海風吹拂著，沿途可見孕育肥美魚蝦的魚塭、到了港邊則是多種海產鮮味。

過往我對嘉義海岸線的印象，大概就存在於海產攤或熱炒店中，所謂的品質保證吧，只要標上「嘉義－布袋東石－直送」，就等同於新鮮美味的象徵。隨著在嘉義生活的日子久了，習慣於離山到海都便利的距離，穿梭海口聚落仍存在於老宅街景間，想像著曾經的海港風華；品味從海洋到養殖的澎湃海味，感謝討海人的與天拚搏。我更看見帶著理想、在海邊生活的人們，嘗試將嘉義的鮮味，傳送至庶民廚房的生活日常、餽贈親朋好友伴手好禮、或轉化為星級餐廳餐桌精華。

初次品嘗「洲南鹽場」的風味，其實不是精緻玻璃罐中的日晒結晶，而是朋友和我分享，與知名老廠牌跨界合作的「日晒鹽牛奶糖」。將懷舊小巧的焦糖色方塊送入口中，融化為鹹甜交織的滑順香濃，可愛包裝上寫著：「風和日粒，天人合晒。」在淡淡海鹽尾韻中，我不禁想著：原來我吃了一輩子的鹽可以這麼有趣！

帶著好奇的心，驅車前往位於布袋沿海的洲南鹽場，在專屬於嘉義的明亮豔陽下，長時間重新復育的大片鹽田，被照的閃閃發光。迎面而來的蔡炅樵大哥，皮膚晒得黝黑古銅，他領著我走往走向鹽田現場，將繁複吃重的手工日照晒鹽歷程，轉化為可理解的環境教育知識。

如同口訣般的「水地風光人晒鹽」，是與自然環境友善共好的晒鹽七大要素；而因為不同礦物質、微生物、氣候風日等要素，衍生不同的鹽風味。我尤其喜歡，以節氣為名、挑選當年最具特色鹽花的限定限量款，凝結濃縮為可品嘗、可收藏的滋味。於是，我的餐桌上，曾經出現過不同年分的「小滿 0523」、「夏至 0627」、

「小暑 0714」、「秋分 0930」，雖然駑鈍如我，仍無法完整判別比較其中差距，然而如同收藏藝術作品般的品味鹽花入菜，倒是為生活添了許多樂趣。

關於「鹽」、關於這個成就一道料理中「最不可或缺」的「最佳配角」，這位號稱「洲南鹽承續」的製鹽人，有著超乎想像的熱情堅持。在鹽場辦理超過十五屆的「謝鹽祭」，近年更以策展方式，凝聚隱藏全台各地的製鹽職人，帶著來自不同區域的風味鹽齊聚一堂，媒合料理好手與美食專家，延伸討論鹽的多種想像；同步辦理的主題市集，開放民眾親臨鹽田現場，透過同樣堅持食材來源、永續理念的品牌展示介紹，品味認識精彩的嘉義風土滋味。

在市集中，其中以簡約白色布幔為底、手編竹籃盛裝各式麵包、溫潤木櫃展示手作餅乾，桌前懸掛著手寫「村上桃貴烘焙」的木招牌小攤，散發著與眾不同的典雅清新質感，吸引了我的目光。好奇走向攤前，帶著稚嫩嬰孩的年輕夫妻熱情地向我介紹，滿桌融入嘉義在地食材的自製烘焙：捲入義竹盛產的桑椹為奶油乳酪軟歐包、撒上阿里山手炒白甘蔗香糖的黑糖捲，更有融合布袋菜脯與煙燻培根的創意混搭。

看見我好奇，他們接著分享，特別為了論壇設計的鹽主題烘焙創作。搭配現場各地風味鹽品展示，我在口感扎實的法式長棍中，首次嘗到台東達魯瑪克部落的羅氏鹽膚木，微帶酸味的植物鹽山林氣息；在蓬鬆柔軟的戚風蛋糕裡，品味到雲林萬豐醬油廠的蔭鹽花，飽含醬味的溫潤回甘。透過夫妻倆親切仔細的解說，我驚嘆著因著不同區域與製程、引發多種充滿個性的風味；也才知道，原來融合在烘焙裡的桑椹和菜脯，全台最大宗的食材來源皆為嘉義！

因著風土滋味牽引的緣分，我特別前往阿昌（郭明昌）與孟芬（蔡孟芬），兩人在布袋打造的烘培工作坊。下了交流道穿越布新橋，沿著海運街而行，隱身於寧靜海鄉聚落中，一間外部種滿美麗鹿角蕨的民宅。按了電鈴、推開門，是滿室淡雅的天然香氣。

早上剛忙完烘焙的夫妻倆，難得有機會坐下來稍歇片刻，聊起在布袋共築的家庭、共創事業的故事。曾就讀同國中、相識卻不熟識，孟芬至台南知名的烘焙工作坊，購買深受歡迎的草莓可頌，而阿昌正是其中一位合夥負責人，陰錯陽差未相遇的兩人，因為臉書再次相逢聯絡。在雙方共同理念下，

決定返回家鄉，開一家屬於地方的烘焙坊。

「阿公在義竹有很多善舉，日治時期皇名為『村上』；孟芬的哥哥在室內設計界卓有成就，在我們成立品牌的時候，給了很多建議，我們就結合他的綽號「菜頭粿」（諧音『桃貴』）為烘焙坊名，也代表著家人共好、互相支持的概念。」阿昌笑著說。

「第一年創業時，我們每天跑不同的夜市：週一北門蚵寮、週二東石新塭、週三學甲、週四布袋、週五將軍漚汪、週六過溝、週日布袋。」孟芬說著，那段醒來做麵包、睡前賣麵包，遊走於嘉義至台南沿海夜市間，和在地人交朋友的主動出擊歷程。

「我們單價比一般批發的貴，但品質用料比較好，老人家捨不得買給自己吃，我會請他們先買一兩顆試看看。後來很多是孫子孫女吃了喜歡，成為我們的常客。」曾擔任藥師助理的孟芬，以其對市場的熟悉度，從顧客的觀點看麵包，與長期從事烘焙專業製作的阿昌，兩人難免各有堅持；因著實際與客人交流，陸續調整每週出攤三至四次，專精主力品項。

「曾經請教過陳耀訓師傅，他建議我們若在社區開麵包店，不妨運用在地食材為主題。雖然我們都嘉義人，不過也是後來回到家鄉後，才把這些好的食材串聯在一起。」於是，日常庶民的傳統台式肉鬆麵包，改以布袋邱家兄弟虱目魚丸、融入醃漬蔓越莓和橘子丁為鹹甜內餡，上方置換為虱目魚鬆，呈現令人驚豔的布袋海味；由孟芬製作酥皮，結合阿昌熬煮的紅豆餡、佐以洲南鹽場的鹽花調味，包裹邱家兄弟生態養殖的烏魚子，以「烏金酥」為載體，讓更多的人認識布袋漁村獨特的魅力。

我和夫妻倆聊著未來的夢想，阿昌笑說著：「寶春師傅運用台南東山的龍眼乾，耀訓師傅選用苗栗大湖的草莓果乾，他們都以台灣風土滋味為元素，奪下世界麵包大賽冠軍；出身義竹的我，或許也可運用同樣是醃漬果乾的桑椹，讓大家認識家鄉的滋味。」

走進漁村，探索源自於土地海洋的精彩；透過在地職人，轉化為最接地氣的風土滋味。專屬於嘉義的鮮，是關懷環境的永續，是協力共好的堅持。若不身歷其境親身探訪，可是無法完整感受的呢！

走入重新復育的大片鹽田，感受嘉義專屬的太陽日晒魅力；透過職人的創意烘焙，品味在地風土的無限可能。前往海港漁村，更多嘉義鮮味等著你探索呢！

從網路到馬路，帶你走入產地的好

關於如何將在地風土滋味，轉化為常民生活日常，隨著時代推移與科技發展，也有著不同的傳遞方式。從鐵道運輸到公路交通的便利、從流動攤商到固定空間的形式、從實體店面到網路平台的經營，近年更因為突如其來的疫情，影響著不同層面的產業，發生無法預料的劇烈變化。

近年來，有了新世代的加入，適度調整製作產銷流程，延續農漁養殖產業能量；隨著網路社群平台的推播，將原本不為人知的產地故事，轉化為生動有趣的現場直擊；無論是返鄉或移居，雖多了些實際生活的考量，卻也透過嶄新視野觀點，讓更多的人透過不同方式，走入產地的美好。

「我想要以阿里山咖啡，敲響全世界。」初次遇見小茵（許茹茵），是在多年前某次文創輔導說明會。有著模特兒般亮麗外型的她，說著自己原本是高中數學老師，因喜愛咖啡、也想趁年

輕時闖一番，毅然決然辭職離開舒適圈，實際前往阿里山走訪咖啡產地，期待將尋覓到的優質咖啡豆，以「里響咖啡」為名，和更多人分享來自嘉義的氣味。

曾經念師範教育體系、家中期待擔任教職的我，雖然畢業後曾短暫一年擔任高中美術實習教師，取得教師資格後，我卻選擇不以教職為一生職志，那時還和家中鬧了些小革命呢。聽著小茵眼神發光地說著自己的創業理想，我似乎有些感同身受，也關注著這位美麗女孩的後續進展。

透過網路平台，我看著她驅車實際前往產地，探訪莊園主人尋覓咖啡豆，將直擊阿里山現場紀錄、與咖啡相關專業知識，經由生動活潑的圖文影片，轉化為一般大眾可理解、可品味的產地故事。我也看見她，透過募資平台闡述理念，說著因為通路品質不穩定、量少質精累加成本、甚或不肖業者混入劣質品，使得消費者距離漸行漸遠。除了將與咖啡農建立透明化契約、清楚標示產地來源，並將實際探訪尋覓的阿里山氣味，整合為可以帶得走的咖啡主題禮盒，透過無遠弗屆的網路，傳遞著可信賴的產地美好。

以咖啡為載體，跨界媒合嘉義經典氣味，混搭出饒富創意的有趣風味體驗。試著想像，當阿里山咖啡，遇上七十年傳統小吃沙鍋魚頭或五十年老牌方塊酥，是什麼樣的滋味？咀嚼包裹沙茶魚鬆的醇厚奶香蛋捲，啜飲嚴選特富野、樂野、茶山、瑞里的精品咖啡，是濃醇回甘、鹹甜交織的創意再現；特製西西里檸檬咖啡酥脆，與凝聚三款水洗、日晒、蜜處理阿里山豆的特調比例，調和為清爽卻深邃的氣味組合。

或許因為同樣的高中教學背景、與類似的網路社群執行經驗，我們時常與一干在地品牌好友們，相互交流討論著，從網路到實體空間的經營心得。一同前往高雄文博會現場，與來自各地的參觀民眾，分享著具有設計感的嘉義氣味；當有朋友造訪嘉義時，總不忘相互扶持推介，讓旅程從單點參觀、延伸為一整段完整遊程。

看著她從網路為開端，如今更邁向馬路，於「二通」中正路設立實體據點，在匯聚獨特在地歷史與當代品牌的群聚中，提供著來往旅客們，可現場品嘗、也可快速外帶的阿里山產地風味。關於「傳遞阿里山產地風味，卻不是先開一家實體咖啡館」，原來不只是想像、更是可執行的真實模式。

而這樣的生命故事，存在於不同區域產地現場，透過不同程度的交流對話，顯得更加真實動人。「導航搜尋『志哥的漁塭人生』，就會找到我們了！」志哥（黃良志）爽朗的說。而這個神奇的「地標」，不僅存在於導航路徑上，更是少見的食魚教育主題 Podcast 頻道，將原本陌生的文蛤養殖產業，變得生動有趣如臨現場。

在學念的是機械工程、也曾在台中擔任汽車業務員，有感於家中長輩年紀漸長，志哥返回家鄉東石，接手傳承三代的養殖產業。相較於傳統養殖模式，以科技測量數據進行管理，並投入益生菌入池、混養虱目魚與草蝦，強化提供營養補給，穩定文蛤生產品質。聊起產業接班時可能的隔代衝突，皮膚被陽光晒得黝黑發亮的他，笑著說：「我爸其實不太會說什麼，謝謝他一路上的默默支持。」

跟著志哥的引導，我躡手躡腳地雙膝蹲跪於竹筏，交疊雙手掌心為圓，以不引起水波擾動的方式，輕巧滑入池中撈起文蛤。吃了一輩子文蛤、卻是第一次體驗撈捕，漂浮於養殖池中搖搖晃晃的我，顯得好奇又緊張。

而出身於台東市區的志嫂（欣潔），更移居至嘉義東石，過著截然不同的漁鄉生活。除忙於照顧養殖現場，兩人無心插柳的養殖生活日常開講（khai-káng），卻成為許多人認識文蛤產業的途徑，從標準放養 SOP、辨別成長狀態、至如何收成等過程，以及產業困境、魚電共生等議題討論，透過線上廣播頻道的推播，猶如直擊走入養蛤現場，聽見返鄉生活、與產業發展的真實面。

產地的好真實體驗就知道。從市區出發，驅車約莫一小時即可直達山林或海港，現場直擊最新鮮物產的來源；身處於市區，至市場看見周遭豐沛物產的縮影，無論採買回家自己做飯、透過職人手藝烹調上桌，都能品味最道地的風土滋味。

在充滿理念、生活在地方的人們的努力下，把關品質來源並建立流程透明化，透過網路結合實體空間經營模式，打造民眾可親近體驗的永續循環，傳遞著來自於產地的風味。

產地的好，不能只有我知道。

RESHOCK COFFEE

甲響咖啡

臺灣阿里山咖啡第一品牌

CHIAYI 嘉市好店 SELECT

賀 本店榮獲

112年嘉市好店

有賴網路社群平台發展，透過
領路人的創意轉化，將原本不
為人知的產地故事，轉化為大
眾可親近體驗的模式。而關於
產地，你還有甚麼想像呢？

島　內
移住嘉義美味新人生
移　民

輯　五

生　活
　與
生　存

生活與生存，可以兼顧｜當我們全家都移居｜從異
鄉到家鄉

生活與生存，可以兼顧？

因為工作，我從台北移居到嘉義；如今卻也因為離開原有的職位，選擇繼續留在嘉義。

移居生活多年來，我時常被問：
「為什麼是嘉義？」
「你靠什麼維生？」

我的回答，其實不那麼依循著當今熱門討論的「地方創生」脈絡、也沒有什麼太過遠大的目標，我總是笑著說：「就是剛好來到嘉義，目前還活得下去罷了。」

關於「還活得下去」，其實一路走來夾雜著諸多的驚喜、也有許多與理想拚搏的真實；而「安生立命」，更是介於「生活」與「生存」之間，不斷選擇所累積而成。

因工作外派，初抵時我居住於公司安排的租賃處。然而，下班後需要有自己獨處空間的我，仍不習慣與同事共處一室，於是決定尋覓一

個「屬於自己的住所」。打開網路租屋平台搜尋資料，在 google 地圖上標示位置、以 excel 表列租賃資訊，先是線上看屋過濾一番，接著實際前往現場，我看了西區舊城街廓裡的公寓雅房、鄰近醫院大賣場的分租套房、水庫湖景旁的高樓大廈、軍眷國宅內的三房一廳，花了數個月時間勘查，仍未找到理想的租處。

心灰意冷之際，我還前往宮廟和神明傾訴心聲。某次工作結束途中，我開著車從樹木園旁沿著緩坡向上，微風穿過車窗吹來，好似在台北驅車前往天母或陽明山般的自在舒暢，我心想著：「如果能住在這一區，應該很不錯吧？」

戇膽（gōng-tánn）如我，暫時拋開網路搜尋及仲介打聽的資訊，憑著直覺找個外觀看起來舒適的社區，便直接走入向管理員詢問，意外遇見了有著廚房、大片的玻璃窗面對山景、台北租金一半以下的十三坪套房。如此符合理想條件的住所，有著怡人的景致和可負擔的價位，是在永和生活三十五年的我，完全無法想像的。

於是，我有了自己理想的租處，也展開了所謂的移居生活。

甚至在租賃多年後，恰巧得知朋友姐姐想脫手的小套房，剛好也在同社區，從未想過在台北購屋的我，竟在不到一週內下了決定，以工作儲蓄購下名下的第一個不動產，遷入戶籍成為了真正的「嘉義人」。

然而，許多看似意外的神奇牽引，其實是不斷的實際生存戰。年屆四十歲、無嘉義地緣關係和家族後盾的我，並沒有太多的時間躊躇不前，「如何生存」是為我移居嘉義最主要的議題。

就我的經驗來說，無論是服務於公私機構或是自立門戶創業，可先從「盤點自身可用資源」開始。比如：求學工作經驗、興趣專長、人脈資源等面向，同步觀察地方上有什麼機緣、是否有同質性的競品、自身異質特殊性為何、如何創造可能的機會……多方審慎評估，再出發。

畢竟，地方上並非對於改變或創新都持有正面的想像，也不一定都期待著新人員的加入。在資源有限的狀況下，更不是每個人都友善熱情以對。我曾遇過許多未曾想像過的困難，也曾看見滿腔熱血、卻失望打退堂鼓的案例，而這樣的狀

況，無論返鄉或移居，皆非特例。或許，先強壯穩健了心理的狀態，當遇到挫折時，也就不會那麼難過躊躇不前了。

接著，盤點收入與支出。初期服務於公司時，我的固定收入來自於薪資，我將帳戶分為不同的運用功能，薪轉入帳後依照比例匯入不同的帳戶，分為「日常運用」與「投資儲蓄」兩大類。若非緊急大量需求，我僅動支日常所需費用。後來我離開正職工作後，先以個人接案為收入、待累積能量後申請公司登記。公司運作依據不同專案類型與專業團隊合作，以不過度負擔人力成本、保持自主有機的彈性經營方式。

沒有了固定薪資，關於變動收入的想像，似乎變得更多元、也多了更多的不確定性，卻也展開了我的中年斜槓人生。我將收入調整為不以月為計算，而將整個想像擴張以年為單位，配比著不同的專案所占比例，及一年目標完成的營業額總量。我以嘉義市為居住地、但焦點不僅放於市區，承接行銷整合專案、辦理執行展演活動，並因應不同的機關團體所需，擔任演講課程講師與品牌輔導顧問，橫跨公單位標案至私人企業機構委託案，並同步向政府申請補助，補足具公益性質的理想實踐支出。

我不只一次在社群平台被詢問：「你靠報導美食為生嗎？」每當分享在地文化或飲食探討時，也時常被問：「你要開餐飲店嗎？」、「你主業是做團購嗎？」或許有不同的專案執行與長期累積的存款基礎，目前的我，仍能依著自己的喜好出發，維持稍微任性的書寫記錄方式，侃侃而談關於嘉義生活的觀察，將社群平台當作一個隨時更新的電子名片，透過網路交朋友，也意外牽引了不同專案的連結。

有趣的是，開始斜槓人生的我，相較於正職的工作時期，生活作息反而變得更加規律：七點起床用早餐，趁著頭腦清晰的早晨工作時段，進行需要集中專注力的專案企劃或文稿整理書寫，並利用時間回覆來往信件；用完午餐後，我大多數安排外出行程，採訪、會議、講座、導覽等需要大量溝通的事項；晚餐至十一點就寢前，約莫九點為社群平台貼文與回覆時間，把握點閱率的最佳時段，盡量維持與臉友的每日互動頻率。

關於休假，我會避開週末觀光洶湧人潮，現在大多安排平常工作日休息，無論是直奔山林或前往海岸，走入市場或是探索廟宇，都能以更輕鬆自在的方式，好好地觀察記錄。曾經

長期困擾我的家族遺傳眩暈症（梅尼爾氏症），不知是否因為生活規律自主、或是少了台北盆地的悶濕，不僅發作頻率漸少、甚至幾乎全無了。身體舒服了、接受了移居生活，我的心情也跟著放鬆了許多。

關於「生活」與「生存」的平衡兼顧，直到如今我仍努力嘗試著，不確定達成的程度為何，但似乎越來越貼近我的理想狀態。我感念曾經的機緣、感謝所有的友善與不諒解，在我移居的路途上，學習接受隨時發生的不可預料，探索任何可能的機會，關於未來生活的想像，也會越來越清晰呢。

當我們全家都移居

我回頭想起，選擇一個理想的地方生活，似乎不僅存在於地方創生的討論中，其實早從我們的父執輩就已開始進行。我的父親來自彰化市區、母親來自台中海線，出生於中台灣的兩人，就像那一輩許多北漂打拚的人一般，在永和尋覓了住處、生了哥哥和我，打造一家四口的小康家庭。

成長過程中，我不只一次聽到母親回想著，曾經的大家族熱鬧來往、以及有別於台北盆地的溫暖陽光，每次看她返回台中訪親友，總是特別的自在開心。在永和出生成長的我，沒有經歷過父母親的過往、也沒有移居他地的生活經驗，其實很難想像他們的心路歷程，只覺得母親即使隨夫北漂多年，內心仍想著家鄉的一切。

年少時期叛逆的我，總想搬離永和、逃離父母管教越遠越好，曾嘗試著異國生活，繞了一圈仍回到原點。直到自己因為工作搬到嘉義，才體會到移住他地生活的心態轉折，原來是夾雜

著新鮮有趣及適應調整；也才感受到，母親時常提到「離開台北的好天氣」，原來是如此舒爽宜人。而我也不禁思考著：四十多年前北漂打拚的爸媽，真的喜歡現在的生活嗎？

於是，那個曾經在外遊蕩徹夜不歸、每逢農曆春節總是找理由出國自助旅行的我，在展開移居南台灣生活後，轉變為經常和父母視訊對話、會規劃家族共遊行程、總是備妥經典美食填飽家人的味蕾。雖然我們無法時常見面，但關心卻讓彼此更緊密。隨著我的工作業務頻繁增加、也更習慣了嘉義生活，鮮少北上返家，卻發現每看父母一次，似乎他們頭頂的白髮又多了些，而從事藥理研究的哥哥，也已經在美國成家立業多年……於是，我開始動起了念頭：是否有可能，把父母也移往南台灣？

當我和父母提出這個想法，他們臉上露出了欣喜、卻也有點猶豫的神情。畢竟，北漂四十餘年，層疊的物件和回憶、累積建立的情感交流來往，豈是一時半刻能完全整理割捨的。尤其生性多慮煩惱的父親，更是擔心著未來怎麼固定看醫生？怎麼拿幫助睡眠的鎮定藥物？

歷經約莫一年的溝通，父親終於下定決心願意嘗試看看。我們提前加強父母新住家的燈光照明、清理房間浴廁、備妥冰箱洗衣設備。待一切整理到位後，安排他從台北南下試住。或許是換了個新環境、也可能是明亮的陽光使人心情好，原本總是煩惱憂慮的他，雖然依然倚靠藥物協助入眠，但精神狀態明顯比過往有活力多了。除了每天依舊收到他的貼圖道早安，更多了一些騎腳踏車探索安平、參拜開台祭祀廟宇、探訪古蹟建築的照片。父親原本蒼白的皮膚，也烙印上南台灣專屬的陽光晒痕。

結束試住返回台北，不擅表達真實情感的父親，言語間時常透露著：
「南部真的天氣比較好！」
「我在那邊很常騎車到處逛。」
「我有找到可以拿藥的醫生，現在睡得也比較好。」
於是，我順著他的話提議：「爸，那你和媽就真的搬下去，好嗎？」

於是，四十年前北漂的父母，現在再次移居，前往更南方的安平居住。曾經跟在父母腳步後的我，現在的我們似乎對調

了角色：幫母親採買她表列的食材清單、驅車帶他們外出踏青、也不忘安排他們總是捨不得上的餐館。原來，和父母相處不再那麼充滿緊繃壓力了。

而這樣的「全家都移居」，不僅只於我那曾經北漂的父母，也包含著我的另一半。有時我覺得命運的安排很有趣，在我正式移居嘉義的那一年，某次返北工作結束後，恰巧在大稻埕的好友聚會上，認識了年長我七歲、從事表演藝術幕後工作的他，也展開了我們八年來的南北遠距離戀愛。

在瞭解彼此的工作型態、也有安心信任感的狀況下，兩人平日各自忙著處理工作業務，除非緊急必要事件，則維持每天晚上溝通分享當日狀況，無論是特別有趣的發現、或是心煩難解的挫折；也剛好我們都不是照表抄課的上班族，對照雙方的工作行程表後，提前安排共有的休假行程。有時北上看展覽，大多時候則在南台灣尋覓傳統小吃、登山爬步道、逛廟宇追繞境。

過往總是獨自旅行的我，慢慢地熟悉身旁有個人照應；曾經好強不認輸的我，在硬碰硬惹得全身都是傷的時候，年長的

他總給我實質的建議，也讓我漸漸學習聆聽他人的想法。或許彼此的個性都算獨立、也有著相同的價值觀，保有適當空間的遠距離、及剛剛好的移動居住模式，讓我們相處起來也更自在舒服。

如今，在台北大稻埕相識的我們，選擇在嘉義市完成登記，在中和成長生活的他，也逐步將重心南移。而如今「嘉義異鄉人」不再只有一個人，更多了一個緊密的關係人口。至於未來的我們，可能持續在嘉義、也可能再移住他方；在前往移居的路上，重新審思「家」的定義與「生活」的樣態，而「理想中的生活是什麼」，或許是一輩子不斷探索的議題吧。

從異鄉到家鄉

搬抵嘉義前，我曾多年服務於藝術村。那時每三到六個月，就有一批來自世界不同國度的藝術家，飄洋過海來到台北進行駐村創作。其中，許多是第一次來到台灣、也不乏第一次來亞洲。看著藝術家們帶著新鮮的眼光，短暫移住異鄉汲取靈感，完成極具嘗試性的現地創作，有別與美術館「創作正在進行中」的能量，以及「觀看凝視異鄉」的角度，總令我驚艷、玩味不已。

那時，「異鄉」二字對我來說，兼具著陌生與好奇、冒險與新奇、自由與孤獨，我透過一次又一次的自助旅行，前往未知的國度，短暫體驗所謂的異鄉。回到工作崗位時，我經常想著，若換成我到異鄉短住，我會用什麼視角切入？

也同時思考著，如果身在台灣，離開台北後我會想到哪個城市居住？可能是人文薈萃的府城台南？或有著美麗海岸線的台東吧。

隨著工作的轉變，我離開了藝術管理的工作、

加入了建設集團企業體，也承接下了移住異鄉的任務。然而，前往的卻是我從未想像過、也不甚熟悉的嘉義。

猶記得第一次出差時，朋友帶著我從高鐵進入市區，穿越垂楊大橋轉往新民路，行經民族路口先看到一個自由女神雕像；接著沿著舊酒廠文創園區往火車站而行，沿途是修剪如超級瑪利蘑菇般渾圓的行道樹；抵達檜意森活村前，在忠孝路口看見岳飛雕像，再轉往城隍廟參拜，在東市場僅見來往奔馳的機車陣勢。極度生猛且具有個性、夾雜些質樸的趣味（tshù-bī）。這大概是除了阿里山和火雞肉飯之外，我對嘉義最初淺的第一印象吧。

歷經約莫一年，以台北為重心、出差嘉義的移動狀態，直到帶著重要家當南下，我才終於意識到：「這次不是短住，是真的要搬下來了！」

我內心默想著：「原來現在不是『出差嘉義』，而是『住在嘉義、回台北出差』了！」

而「異鄉」之於我，是這個「我人生地不熟、卻要在此工作且生活的嘉義」，亦或是那個「我偶爾出差、有著家人朋友的台北」！？

我不禁回想起，過往在藝術村服務時，駐村藝術家們觀察環境的新鮮眼光、汲取靈感嘗試突破的心態，以及我那曾經的移住異鄉的想像。而如今，老天已經安排了移居工作機會，我還在猶豫躊躇什麼？何不把這段日子，當作長期的駐市體驗，好好地認識一個未曾熟悉的城市？

我重整思緒、也調整心態，「何處是異鄉」似乎已不再是重點，我就這樣展開了嘉義移居的異鄉生活。也或許是沒有預設夢幻的想像、沒有太多的認識基礎，我卻意外發現了更多迷人的驚喜片段。

前往東市場，不僅能採買一年四季的新鮮直送，一旁城隍廟正殿兩側神桌下，有象徵日本與台灣的富士山及玉山彩繪；穿梭周邊街廓，隱身於市集攤商後的雙忠廟，有著極為難得一見的磨石子龍柱，做工細緻且紋飾華麗，蟠龍、人物、魚等圖樣栩栩如生在眼前。

出了火車站往右，即見曾經生產高粱酒的舊酒廠，對側的菸酒公賣局嘉義分局，現已轉身為市立美術館；順著鐵道軸線而行，過往鐵道連結木產業動線，如今承載了來往交織的旅客，更連結起嘉義重要的文化路徑，從花磚博物館、製材所、舊監獄、再往百年公園走去，而漫步於樹木園中，更能感受過往日治時期，充滿實驗探險氛圍的南方想像。

我開始熟悉日常生活中各種專屬於嘉義的氣味：出了嘉義不吃的雞肉飯、特有的白醋涼麵涼肉圓、如同鮮蔬調色盤的清爽涼菜、四種鮮果共組的混搭果汁、一次滿足雙重口味的豆漿豆花、包裹地瓜籤的豬血糕。如今，每當離開嘉義到外縣市，總是不經意嘗試尋覓同樣的口味，卻總是遍尋不著。

我突然發現，每當和朋友聊到台北，我不再說著：「我要『回』台北。」；而是說：「我要『去』台北。」
我的主詞也變成了「嘉義」，總和朋友說著：
「跟你說，我們出了嘉義不吃雞肉飯！」
「在嘉義，吃豆花就是要加豆漿才會搭呀！」
「怎麼只有燙青菜，我們嘉義都可以點涼菜！」

過往以捷運公車站為移動單位的我，轉變以火車站或開車時間為計算距離。阿里山和東石布袋，變成可以當天來回的日常；而來往雲林和台南，也是想到就可以出發的便利。

原來，「異鄉」之於我，不再是獵奇般的短暫體驗，而是生活與生存的實驗場。而「家鄉」不再只是出生成長於何方，而是我內心嚮往、身心自在的居所。

看來關於「移居」這堂課，我似乎還沒修完學分呢！

國家圖書館出版品預行編目（CIP）資料

島內移民：移住嘉義美味新人生／嘉義異鄉人作 . -- 初版 . --

臺北市：大塊文化出版股份有限公司，2024.04，240面；14.8×21公分.

-- （catch：304），ISBN 978-626-7388-53-2（平裝）

863.55　　113001377

LOCUS

LOCUS